बदलेंगी किस्मत और हालत भी

शीतल बाखरे

Made with ♥ on the Notion Press Platform
www.notionpress.com

क्रम-सूची

क्रम-सूची

1

किस दिशा में लगाएंगे दौड़ते घोड़े की तस्वीर?

घर सजाने के लिए वैसे तो हम कई सारी तस्वीरों और पेंटिंग का इस्तेमाल करते हैं। मगर क्या आप जातने हैं कि कुछ तस्वीरें घर से नेगेटिव एनर्जी दूर करके सुख-शांति लाने का काम करती हैं। जी हां, वास्तु के अनुसार घर में 7 घोड़ों वाली तस्वीर लगाने से कई फायदे होते हैं लेकिन किसी भी चीज का लाभ तभी मिलता है जब वह सही जगह पर रखी हो। आज हम आपको 7 घोड़ों वाली तस्वीर लगाने की सही दिशा बताएंगे, जो आपके लिए बहुत फायदेमंद है।

1. **इस दिशा में लगाएं दौड़ते घोड़ों की तस्वीर**
   तरक्की और हमेशा ऊर्जावान बने रहने के लिए घर या फिर ऑफिस की दक्षिण दिशा में दौड़ते घोड़ों की तस्वीर लगाएं। यह आपके काम को गति प्रदान करेगा। याद रहे कि घोड़ों का मुंह ऑफिस के अंदर की ओर होना चाहिए।

2. **7 घोड़ों वाली तस्वीर लगाने के फायदे**
   करियर में मिलती है सफलता, घर या ऑफिस में 7 घोड़ों वाली तस्वीर लगाने से जीवन और करियर में हमेशा सफलता मिलती है। वास्तु के अनुसार दौड़ते हुए घोड़े की तस्वीर बहुत फायदेमंद होती है। यह तस्वीर आपको पॉजीटिव एनर्जी देती है।

3. **घर में सुख- समृद्धि और लक्ष्मी का वास**
   यह तस्वीर घर में सुख- समृद्धि लाने के साथ ही पैसे को भी अपनी तरफ खींचती है। जिन लोगों के घर में छोटी-छोटी बात पर लड़ाई-झगड़ा होता रहता हो उन्हें यह तस्वीर अपने घर में हमेशा रखनी चाहिए।

2

भूलकर भी न करें इन 4 चीजों का दान

1. **दान के नियम**

   ज्योतिष शास्त्र में दान का बहुत अधिक महत्व बताया गया है। दान देने से कई बार कुंडली में ग्रहों को दोषों का प्रकोप कम होता है और व्यक्ति को उससे जनिक परेशानियों से आराम मिलता है। वैसे भी जरूरतमंदों को उनकी आवश्यकता के अनुसार दान देना चाहिए। ऐसा करने से पुण्य फल की अधिक प्राप्ति होती है। दान करने में कुछ बातों का ध्यान रखना आवश्यक होता है तभी वह सफल माना जाता है। निस्वार्थ भाव से दान करना चाहिए। बहुत दुख या द्वेष की भावना से किया गया दान व्यर्थ चला जाता है।

2. **तेल का दान**

   सरसो के तेल का दान बहुत ही अच्छा माना गया है लेकिन कुछ लोग इस्तेमाल में किया गया तेल भी दान में दे देते हैं, ऐसा करना बिल्कुल भी ठीक नहीं है। यह आपको पाप का भागीदार बना सकता है। कभी भी दान में इस्तेमाल किया हुआ तेल नहीं देना चाहिए। इससे भगवान शनिदेव रुष्ट हो जाते हैं।

3. **हल्दी का दान**

   सूर्यास्त के बाद में हल्दी का दान कभी भी नहीं करना चाहिए। खासतौर पर गुरुवार के दिन क्योंकि हल्दी का संबंध गुरु से माना जाता है। हल्दी का दान करने से गुरु कमजोर होते हैं जिससे जीवन में परेशानी आती है और घर में अशांति रहती है।

4. **न करें नमक का दान**

   इसी तरह नमक का दान तो कभी भी नहीं करना चाहिए, क्योंकि नमक का दान करने से माता लक्ष्मी नाराज होकर चली जाती हैं।

5. **बर्तनों का दान**

   कभी भी प्लास्टिक, स्टील, कांच और एल्यूमीनियम या इससे बने हुए बर्तन का दान नहीं करना चाहिए। ऐसा करना अशुभ माना जाता है। इन चीजों के दान से कारोबार में घाटा होने की आशंका बनी रहती है और परिवार की सुखशांति भी खतरे में आ जाती है।

3

कुंडली बसे महायोग

कुंडली में ऐसे महायोग होते हैं,

जो निर्धन को भी करोड़पति बना देते है।

1. **मेष :**
   लग्न में द्वितीय भाव में मंगल, गुरु व शुक्र का संबंध व्यक्ति को श्रेष्ठ व्यापारी बनाकर संघर्ष और उतार-चढ़ाव के बाद धनपति बनाएगा। शनि-शुक्र का धन तथा लाभ भाव में राशि परिवर्तन योग धनवान बनाने में समर्थ होगा।

2. **वृषभ :**
   लग्न-बुध-गुरु (लाभेश-धनेश) एक साथ बैठे हों तथा मंगल से दृष्ट हों तो श्रेष्ठतम धन योग होता है।

3. **मिथुन :**
   चंद्र, मंगल तथा शुक्र दूसरे भाव में हो तो शुक्र की महादशा में व्यक्ति अतुल धनी होगा तथा आकस्मिक धन लाभ होगा। तृतीय भाव में बुध-सूर्य की युति हो तो, बुध की महादशा में श्रेष्ठ धनागमन योग होगा। शनि नवम में तथा चंद्र- मंगल एकादश भाव में हों तो व्यक्ति गरीब के घर जन्म लेकर भी धनपति होगा।

4. **कर्क :**
   चंद्र, मंगल तथा गुरु दूसरे भाव में, शुक्र-सूर्य पांचवें भाव में हों तो निर्धन के घर में जन्म लेकर भी करोड़पति होगा। दशम भाव में सूर्य-मंगल की युति हो तो मंगल की महादशा धन कुबेर बना देगी।

5. **सिंह :**
   लग्न में सूर्य-मंगल-गुरु अथवा सूर्य-मंगल-बुध की युति प्रबल धनदायक होगी परंतु शुक्र-गुरु एक साथ बैठकर कंगाल बनाएंगे, यदि साथ में बुध और बैठ जाए तो अत्यंत धनहानि होगी।

6. **कन्या :**
   केतु-शुक्र दूसरे भाव में धनवान बनाएंगे, आकस्मिक धन लाभ होगा। सूर्य के साथ चंद्र या शुक्र हो तो सूर्य की दशा में विशेष धनलाभ होगा परंतु शुक्र के अस्त होने पर शुक्र की महादशा दिवालिया बना सकती है।

7. **तुला :**
   लग्न में सूर्य-चंद्र तथा नौवें भाव में राहु आकस्मिक रूप से श्रेष्ठ धनदायक होंगे। शनि लग्न तथा पंचम में हो तथा मंगल एकादश भाव में अटूट धन-संपत्ति देने में समर्थ होगा। इससे गरीबी से छुटकारा मिलेगा।

8. **वृश्चिक :**
   लग्न में बुध-गुरु साथ अथवा सम सप्तक हों तो श्रेष्ठ धनी बनाएगा परंतु स्वभाव कंजूस होगा। सूर्य-बुध-शुक्र सप्तम भाव में हों तो बुध की महादशा में धनागमन। बुध-गुरु पंचम तथा चंद्र ग्यारहवें भाव में हो तो करोड़पति बनाएगा परंतु तृतीयस्थ गुरु-शुक्र पुत्रों द्वारा धन नाश कराएंगे।

9. **धनु :**
   ग्यारहवें भाव में शनि हो तो शनि की महादशा आर्थिक दृष्टि से श्रेष्ठ परंतु नवम भाव में मंगल हो तो संतान द्वारा धन का अपव्यय होगा।

10. **मकर :**
    लग्न में मंगल तथा सप्तम में चंद्र अत्यंत धनकारक। यदि बुध-शनि भाग्य स्थान में हों तो निर्धन के घर जन्म लेकर भी धनी बनेगा।

पैसे का अभाव उसे कभी नहीं खलेगा।

11. कुंभ :

दूसरे में गुरु तथा ग्यारहवें भाव में शुक्र हो तो अत्यंत धनवान होगा। गुरु नवम में तथा शुक्र दूसरे या दशम स्थान में हो तथा शनि की दृष्टि भी शुक्र पर हो तो साधारण परिवार में जन्मा व्यक्ति भी धनपति होता है। शनि-शुक्र 11वें भाव में हों तो शुक्र दशा अत्यंत धनदायक परंतु सूर्य-मंगल अष्टम में हों तो इन दोनों की दशाएं दरिद्रता देने वाली तथा घोर कष्टदायक होंगी।

12. मीन :

आपको ग्यारहवें भाव का मंगल आकस्मिक धन दिलाएगा लेकिन साथ ही पंचम भाव का मंगल स्त्री अथवा उसके भाइयों से धन हानि कराएगा।

4

कब होगा आपका भाग्योदय?

कुंडलीके ग्रह बताते हैं कब होगा आपका भाग्योदय?

आज हर व्यक्ति चाहता है कि उसका भाग्य प्रबल रहे, उसकी मेहनत का उसको भरपूर फल मिले, समाज में उसका खूब यश और मान हो, उसे जिंदगी में किसी चीज की कमी ना हो । धन दौलत, शोहरत हर चीज उसके पास हो। लेकिन हमारे सोचने या चाहने से कुछ नहीं होता। आपने बहुत से लोग देखे होंगे जो जीवन भर संघर्ष करते हैं, उनमें काबिलियत की कमी नहीं होती लेकिन वे डट कर मेहनत करने के बावजूद जिंदगी में वह सब चीजें हासिल नहीं कर पाते, जिनके लिए वे डिजर्व करते हैं। आपने ऐसे भी लोग देखे होंगे , जो कम पढ़ा लिखा होने या कम संघर्ष करने के बावजूद सफलता की सीढ़ियां चढ़ते चले जाते हैं और जीवन में नेम एंड फेम हासिल करते हैं। लक्ष्मी भी उन पर मेहरबान रहती है। किसी भी व्यक्ति की सफलता या असफलता के पीछे ग्रहों का भी बहुत बड़ा योगदान होता है। खासकर हमारी जन्मकुंडली के भाग्य स्थान यानी नवम स्थान में बैठा ग्रह हमारे भाग्योदय की उम्र तय करता है। कई ग्रह छोटी उम्र में ही भाग्य उदय कर देते हैं तो कई ग्रह तब हमारा भाग्योदय करते हैं, जब हम 35 साल की उम्र पार करने लगते हैं।

ज्योतिषशास्त्र में कुण्डली के नवम घर को भाग्य स्थान कहा जाता है। इस घर में जो ग्रह बैठा होता है या जो ग्रह इस घर को देखता है, उसके अनुरूप व्यक्ति को भाग्य का सहयोग प्राप्त होता है। इस घर का स्वामी ग्रह जिस घर में बैठता है, उससे भी भाग्य प्रभावित होता है। नवम घर में बैठे ग्रह बताते हैं कि हमारे जीवन में कब धन और सुख आएगा। कब भाग्य हमारे पर मेहरबान होता चला जाएगा।

किसी व्यक्ति की जन्म कुंडली में नौंवे घर यानि भाग्य स्थान पर देव गुरु बृहस्पति बैठे हों, तो उस व्यक्ति का 16 साल में भाग्योदय होता है। अगर नवम भाव में सूर्य बैठे हों तो 22 वे साल में भाग्योदय होता है । चंद्रमा बैठे हों तो 24 में साल में भाग्योदय होता है । शुक्र बैठे हों तो 25 वे साल में भाग्योदय होता है। मंगल बैठे हों तो 28 वे साल में भाग्योदय होता है। बुध बैठे हों तो 32 में साल में भाग्योदय होता है। शनि बैठे हों तो 36 में साल में भाग्योदय होता है। राहु केतु बैठे हो तो 42 साल में भाग्योदय होता है। जिस व्यक्ति के भाग्य स्थान में सूर्य होता है, वह व्यक्ति स्वाभिमानी और महत्वाकांक्षी होता है। 22 वें वर्ष में उसका भाग्योदय होता है और ऐसा व्यक्ति राजनीति और सामाजिक कार्यों में बढ़चढ़ कर भाग लेता है। उसकी आर्थिक स्थिति अच्छी होती है।

चन्द्रमा जिनकी कुण्डली में नवें घर में होता है, उनका भाग्योदय 16वें वर्ष में होता है। ऐसे व्यक्ति दयालु और धार्मिक प्रवृति के होते हैं। जल से जुड़े क्षेत्र से इन्हें लाभ होता है। ऐसे व्यक्ति जन्म स्थान से दूर जाकर तरक्की करते हैं। मंगल का नवम घर में होना बताता है कि व्यक्ति को भूमि से संबंधित कार्यों में तथा अपने जन्मस्थान पर ही अच्छी कामयाबी मिल जाएगी। ऐसे लोग कई बार धन लाभ के लिए गलत तरीका भी अपना लेते हैं। बुध का नवम भाव में होना दर्शाता है कि व्यक्ति का भाग्योदय 32वें वर्ष में होगा। ऐसे लोग कल्पनाशील और अच्छे लेखक होते हैं। ज्योतिष, गणित एवं पर्यटन क्षेत्र से इन्हें लाभ मिलता है और प्रसिद्धि भी प्राप्त होती है। गुरु नवम स्थान का स्वामी ग्रह माना जाता है। गुरु का इस स्थान में होना उत्तम माना जाता है। ऐसे व्यक्ति का भाग्योदय 24 वें वर्ष में होता है और इन्हें भाग्य का साथ हमेशा मिलता रहता है। धन-संपत्ति के साथ ही इन्हें मान-सम्मान भी प्राप्त होता है। गुरु की तरह शुक्र का भी नवम स्थान में होना अत्यंत शुभ माना जाता है। ऐसे व्यक्ति का भाग्योदय 25 वें वर्ष में होता है। ऐसे व्यक्ति की रूचि साहित्य और कला में होती है। इनके पास धन-संपत्ति भरपूर होती है। भाग्य स्थान में शनि का होना दर्शाता है कि व्यक्ति की तरक्की धीमी गति से होगी। ऐसे व्यक्ति के जीवन का उत्तरार्ध पूर्वार्ध से अधिक सुखमय और खुशहाल होता है। इनका भाग्योदय 36वें वर्ष में होता है। ऐसे व्यक्ति नियम-कानून एवं प्राचीन मान्यताओं से जुड़े रहते हैं। राहु केतु का इस स्थान में होना बताता है कि व्यक्ति का भाग्योदय 42वें वर्ष में होगा। 22 वें वर्ष में इनका भाग्योदय होता है। ऐसा व्यक्ति राजनीति और सामाजिक कार्यों में बढ़चढ़ कर भाग लेता है। इनकी आर्थिक स्थिति अच्छी होती है। वाहन सुख प्राप्त होता है। चन्द्रमा जिनकी कुण्डली में नवें घर में होता है उनका भाग्योदय 16वें वर्ष में

होता है। ऐसे व्यक्ति दयालु और धार्मिक प्रवृति के होते हैं। जल से जुड़े क्षेत्र से इन्हें लाभ होता है। ऐसे व्यक्ति जन्म स्थान से दूर जाकर तरक्की करते हैं। मंगल का नवम घर में होना बताता है कि व्यक्ति को भूमि से संबंधित कार्यों में तथा अपने जन्मस्थान पर ही अच्छी कामयाबी मिल जाएगी। ऐसे लोग कई बार धन लाभ के लिए गलत तरीका भी अपना लेते हैं। बुध का नवम भाव में होना दर्शात है कि व्यक्ति का भाग्योदय 32वें वर्ष में होगा। ऐसे लोग कल्पनाशील और अच्छे लेखक होते हैं। ज्योतिष, गणित एवं पर्यटन क्षेत्र से इन्हें लाभ मिलता है। ऐसे लोग काफी बुद्धिमान होते हैं। इन्हें प्रसिद्धि प्राप्त होती है। गुरु नवम स्थान का स्वामी ग्रह माना जाता है। गुरु का इस स्थान में होना उत्तम माना जाता है। ऐसे व्यक्ति का भाग्योदय 24वें वर्ष में होता है इन्हें भाग्य का साथ हमेशा मिलता रहता है।

धन-संपत्ति के साथ ही इन्हें मान-सम्मान भी प्राप्त होता है। गुरू की तरह शुक्र का भी नवम स्थान में होना अत्यंत शुभ माना जाता है। ऐसे व्यक्ति का भाग्योदय 25वें वर्ष में होता है। ऐसे व्यक्ति की रूचि साहित्य और कला में होती है। धन प्राप्ति का एक माध्यम कला और साहित्य हो सकता है। इनके पास धन-संपत्ति भरपूर होती है। भाग्य स्थान में शनि का होना दर्शात है कि व्यक्ति की तरक्की धीमी गति से होगी। ऐसे व्यक्ति का भाग्योदय 36वें वर्ष में होता है। ऐसे व्यक्ति नियम-कानून एवं प्राचीन मान्यताओं से जुड़े रहते हैं। राहु केतु का कुंडली के नवम भाव यानी भाग्य स्थान में होना बताता है कि व्यक्ति का भाग्योदय 42वें वर्ष में होगा। जिन लोगों की कुंडली में सिंह राशि का मंगल, कुंडली के नवम अथवा दशम भाव में हो तो ऐसे लोगों को अपने कैरियर में बहुत जल्दी सफलता प्राप्त होती है। जिन लोगों की कुंडली में शनि या देव गुरु बृहस्पति वक्री होकर भाग्य स्थान पर बैठे हो तो अपने यह दशा के दौरान यह ग्रह भाग्योदय के सबसे प्रबल योग बनाते हैं। जिस व्यक्ति की कुंडली में अधिकतर ग्रह कुंडली के तीसरे भाग में या 10 में भाग में हों तो, वह व्यक्ति बहुत सौभाग्यशाली माना जाता है और ऐसे लोग बहुत जल्दी कार्य क्षेत्र में सफलता प्राप्त करते हैं। जिस व्यक्ति की कुंडली में शनि से अगले घर में देव गुरु बृहस्पति बैठे हो ऐसा व्यक्ति 21-22 साल की उम्र में ही कमाने लगता है। जिस व्यक्ति की कुंडली में देव गुरु बृहस्पति मेष राशि में, मंगल अपनी उच्च मकर राशि में और ऐश्वर्या का प्रतीक शुक्र ग्रह कुंडली के नौवें घर में होता है, वह व्यक्ति कैरियर में ऊंचाइयों को छूते हैं। जब सूर्य और चंद्रमा कर्क राशि में हो, शुक्र आठवें घर में हो, मंगल ग्यारहवें घर में हो तो चाहे कोई भी लग्न हो, ऐसा व्यक्ति अपने जीवन में हर दिशा में वैभव प्राप्त करता है।

5

इलायची के सटीक उपाय

धन, सेहत, शादी, परीक्षा और प्रमोशन... हर चीज का करती है

समाधान कभी-कभी छोटी सी चीज भी बड़ी काम की होती है, ऐसी ही काम की वस्तु है हरी इलायची। इसके गुण और फायदों को देख तंत्रशास्त्र में भी इसे स्थान दिया गया है और यदि बताए गए उपाय सही विधि से अपनाए जाएं तो आश्चर्यजनक लाभ होता है। इलायची सलोनी-सी और आकार में छोटी होती है लेकिन यह काम बड़े-बड़े करती है इसलिए इसका प्रयोग केवल स्वाद या सुगंध के लिए नहीं होता बल्कि किस्मत चमकाने के लिए भी होता है।

1. अगर आप धनवान बनना चाहते हैं तो अपने पर्स में हमेशा 5 इलायची जरूर रखें।
2. यदि आप सुंदर बीवी चाहते हैं तो हर गुरुवार सुबह पांच इलायची, पीले वस्त्र के साथ किसी गरीब को दान दें।
3. अगर लाख मेहनत करने पर भी मनचाहा वेतन या प्रमोशन नहीं मिल रहा है तो आज से ही रोज रात में एक हरे कपड़े में एक इलायची को बांधकर तकिये के नीचे रखकर सो जाएं और प्रात: उसे घर के किसी बाहरी व्यक्ति को दे दीजिए।
4. अगर पढ़ाई में अच्छे नंबर चाहिए तो एक छोटी इलायची को दूध में उबालकर सात सोमवार किसी गरीब को पिला दीजिए। निश्चित ही मेहनत रंग लाएगी।

अगर पत्नी चाहती है कि पति गलत राह पर ना जाएं और उसका साथ बना रहे तो अपने पल्लू में इलायची दाने लपेट कर रखें और "ॐ शं सम्मोहनाय फट् स्वाहा" का मन में जाप करें। रात में यह दाने कहीं छुपाकर रख दें और अगले दिन चाय या किसी अन्य व्यंजन में इसे मिलाकर पति को खिलाएं। ऐसा हर रविवार रात करें और सोमवार को खिला दें।

6

घर के मंदिर में कभी न रखें ये चीजें

1. घर के मंदिर में कभी भी मुरझाए हुए फूलों को न रखें। ऐसा करना आर्थिक तरक्की और करियर में सफलता को रोकता है कई तरह की रुकावटें पैदा करता है।
2. मंदिर में देवी-देवताओं की खंडित मूर्ति या तस्वीर रखना जीवन में बड़ी विपत्ति ला सकता है। घर में कलह, धन-हानि, बीमारी का कारण बनता है। बड़ा वास्तु दोष पैदा करता है ना ही पूजा घर में पूर्वजों की तस्वीर रखें इनका स्थान अलग होना चाहिए।
3. धूपबत्ती, अगरबत्ती की राख मंदिर में न रखें ना ही दीपक की जली हुई बत्ती रखें।

7

अपनी दुकान में रखें 10 में से कोई 1 चीज

वास्तु और व्यापार: अपनी दुकान में रखें 10 में से कोई 1 चीज तो फलेगा फूलेगा कारोबार, भरेगा भंडार

आपकी कोई दुकान है या कोई व्यापारिक संस्थान है और यदि वह चल नहीं रहा है तो ज्योतिष और वास्तु के अनुसार 10 उपायों में से कोई एक आजमाएं तो फलेगा फूलेगा आपका व्यापार।

1. दुकान पूर्वमुखी है तो काउंटर को दक्षिण दिशा में रखकर आपका मुख उत्तर में रखें। मतलब दुकान मालिक का मुंह उत्तर में होना चाहिए।
2. वायव्य, ईशान या उत्तरमुखी दुकान हो तो दुकान का काउंटर भी ऐसा रखें कि दुकान मालिक का मुंह उत्तर में हो और काउंटर भी। मुख्य द्वार पर आसपास गमले सजाकर रखें। दुकान के द्वार पर वजन नहीं रखना है।
3. आग्नेय, दक्षिणमुखी या नैऋत्यमुखी दुकान हो तो दुकान के मालिक या सेल्समैन का मुंह पूर्व या उत्तर मुखी होना चाहिए। द्वार पर किसी व्यक्ति को नियुक्त कर दें जो ग्राहक आने पर दरवाजा खोले या उनका विनम्रता से और हंसते हुए अभिवादन करें।
4. पश्चिममुखी दुकान हो तो आपकी दुकान सड़क के मान से थोड़ी सी ऊंची होना चाहिए।
5. दुकान के उत्तर में विमलनाथ भगवान की प्रतिमा अथवा चित्र लगाएं। किंतु यह ध्यान अवश्य रखना चाहिए कि किसी भी स्थिति में इनका मुंह दक्षिण दिशा या नैऋत्य कोण में नहीं होना चाहिए।
6. बाहर से दुकान को अच्छे से सजाकर रखें या आकर्षक बनाएं और साथ ही बाहर से दुकान में खूब सामान भरा हुआ नजर आना चाहिए।
7. दुकान में ग्राहकों को आने के रास्ते में किसी भी प्रकार की बाधा नहीं होना चाहिए। ग्राहक आसानी से दुकान में प्रवेश कर जाए।
8. दुकान की तिजोरी में हल्दी की कुछ गांठ एक पीले वस्त्र में बांधकर रखें। साथ में कुछ पीली कौड़ियां और चांदी, तांबें आदि के सिक्के, दक्षिणावर्ती शंख भी रखें। कुछ चावल पीले करके तिजोरी में रखें। तिजोरी में इत्र की शिशी, चंदन की बट्टी या धूप का पैकेट भी रख सकते हैं जिससे उसमें सुगंध बनी रहेगी। ध्यान रखें कि तिजोरी आपकी दक्षिण दिशा में रखी हो, या उत्तर में खुलती है।
9. दुकान में जब भी खोलें तो सबसे पहले भगवान की मूर्ति या तस्वीर के सामने प्रसाद भी रख सकते हैं।
10. फिटकरी का एक टुकड़ा लेकर उसे अपनी दुकान के भीतर चार और घुमाकर वार लें और उसे लेकर चौराहें पर जाएं और उसे उत्तर दिशा की ओर फेंक दें। इसके बाद सीधे घर चले जाएं। इस उपाय से दुकान पर किसी की नज़र लगी होगी तो वह उतर जाएगी।
11. एक पानीदार नारियल लें और एक लाल कपड़ा लें। दोनों को पद्मावती माता के पास ले जाकर उनके चरणों में रख दें और अब नारियल पर उनके चरणों का सिंदुर लगाएं और फिर नारियल को लाल कपड़े में बांध कर ले आएं। उस नारियल को दुकान के मुख्य द्वार पर लटका दें। इससे दुकान का बंधन खुल जाएगा। प्रतिदिन नारियल को धूप दिखाएं।

8
दाढ़ी भी बदल सकती है किस्मत

कुंडली के कुछ योग दाढ़ी रखने से आपका भाग्य उदय भी करते हैं । जब अमिताभ बच्चन जी का राहु केतु के हिसाब से बहुत खराब समय चल रहा था और नादारी की हालत में पहुंच गए थे तब किसी ने उनको दाढ़ी रखने की सलाह दी और रखने के बाद उनका इतना बड़ा भाग्य उदय हुआ कि आज इतनी उम्र में भी वह भारत के नंबर वन हीरो है। बच्चन जी को लग्न में केतु है और सप्तम स्थान में सिंह राशि का राहु है । दुनिया के श्रेष्ठ बैट्समैन बन चुके क्रिकेटर विराट कोहली को भी सिंह राशि में ग्रह है तो दाढ़ी उनकी पहचान भी है और किस्मत भी । फिल्म सर्जक संजय लीला भंसाली को कौन नहीं जानता ? हम दिल दे चुके सनम, देवदास, बाजीराव मस्तानी, पद्मावत जैसी फिल्म देने वाले निर्माता-निर्देशक भंसाली की दाढ़ी उनकी पहचान और सफलता है।हरेक जातक की कुंडली के अलग अलग योग होते हैं । जन्मपत्री सभी की अलग अलग होती है ज्योतिष खुद को स्वविवेक से कुंडली समाधान करना होता है जैसा सिंह राशि में राहु-केतु ग्रह का विराजमान होना अथवा लग्न भाव में केतु ग्रह का बैठा होना आपको दाढ़ी रखना लाभदायक हानिकारक सभी ग्रहों का संयुक्त आकलन ज्योतिष को करना होगा न की कालसर्प दोष पितृ दोष बता कर यजमान को करना होता हैं। महादशा दशा गोचर फल में क्रूर ग्रहो के दुष्प्रभाव को कम करने के उपायों में इसका सहारा लिया जा सकता हैं।लेकिन उन ग्रहों का जन्मपत्री में सही होना आवश्यक हैं। नहीं तो जातक को लाभ की जगह बड़ी हानि होगी। ज्योतिषीय योग के अनुसार कई बार ऐसे योग होते हैं जिसमें दाढ़ी रखने से धन और यश की प्राप्ति होती है, लेकिन कई बार हानि भी होती है। चूंकि दाढ़ी रखते वक्त इन पर किसी का ध्यान ही नहीं जाता, ऐसे में वे कुछ समझ ही नहीं पाते कि दाढ़ी की वजह से भी नुकसान हो रहा है।

केशानांशेष करणं शिखास्थापनं।

केशशेष करणम् इति मंगल हेतोः

दाढ़ी रखने का फैशन बिना ज्योतिष सलाह आप को इससे दरिद्र, धनहानि, मानहानि, नौकरी, परेशानी, दांपत्य हानि भी हो सकती हैं। चरण सितरि के अनुसार शरीर पर अनचाहे बालों का बढ़ना शुक्र ग्रह को नीचा करता है। इसी में शामिल है पुरुषों के चेहरे पर बढ़ने वाले दाढ़ी के बाल। वही पर जैन ज्योतिष भी डाढी बढ़ाने पे शुक्र ग्रह के मन्दे फल की ओर फैसला देता है।

सलाह: गोचर वश राहु ग्रह ख़राब चल रहा हो तो " ...टाइपदाढ़ी" रखना बड़ा लाभदायक होता हैं यदि ऐसे लोग दाढ़ी रखना शुरू कर देंगे तो शुक्र का असर कम हो जाएगा और उन्हें हानि होने लगेगी। ज्योतिषीय गणना में शुक्र को शरीर पर अनपेक्षित बाल पसंद नहीं है। इसलिए शुक्र की महादशा में शुक्र को बलवान करने के लिए राहु ग्रह अपना चेहरा सुंदर रखें और दाढ़ी ना बढ़ाएं। इस स्थिति में दाढ़ी शुक्रसंबंधी अच्छे प्रभावों को नष्ट कर सकती हैं। बस इस टाइप दाढी ना रखना होगा। ये उपाय आपके जीवन की काफी तकलीफो का समाधान होगा।

9

सरल और आसान वास्तु उपाय

घर में कौन से पौधे लगाएं और कौन से नहीं?

वास्तु शास्त्र के अनुसार जिस प्रकार घर का हर हिस्सा हमारे जीवन को प्रभावित करता है, उसी तरह घर में सजावट के लिए रखे गए पौधे भी हमारे जीवन पर सकारात्मक व नकारात्मक प्रभाव डालते हैं। जाने-अनजाने में हम कई बार ऐसे पौधे अपने घर में रख लेते हैं जिनके कारण वास्तु दोष उत्पन्न हो जाता है। आज हम आपको बता रहे हैं घर में किस प्रकार के पौधे रखना चाहिए और कैसे नहीं। इसकी जानकारी इस प्रकार है-

1. वास्तु शास्त्र के अनुसार घर में मनी प्लांट लगाना बहुत ही शुभ होता है। ज्योतिष के अनुसार मनी प्लांट शुक्र ग्रह का कारक है। शुक्र की उपस्थिति में पति-पत्नी के संबंध मधुर होते हैं।

2. घर में कांटेदार व दूध (जिनके कटने-छिलने पर सफेद द्रव्य निकलता हो) वाले पौधे नहीं लगाना चाहिए। क्योंकि कांटे नकारात्मक ऊर्जा उत्पन्न करते हैं। गुलाब जैसे कांटेदार पौधे लगाए जा सकते हैं पर इसे घर की छत पर रखें तो बेहतर रहेगा।

3. घर में बांस के पौधे लगा सकते हैं। बांस के पौधे सुख व समृद्धि के प्रतीक होते हैं।

4. घर या कार्यस्थल (दुकान व ऑफिस) की पॉजिटिव एनर्जी को बढ़ाने के लिए गुलदस्तों में रोज ताजे फूल लगाएं। फूलों के गुलदस्ते ताजगी व सौभाग्य की वृद्धि करते हैं। मुरझाए फूल व पत्तियां नेगेटिव एनर्जी उत्पन्न करती हैं।

5. बेडरूम में किसी भी तरह के पौधे लगाने से बचना चाहिए। इससे मैरिड लाइफ पर बुरा असर पड़ सकता है। डाइनिंग व ड्रॉइंग रूम में गमले रखे जा सकते हैं।

6. बोनसाई पौधा भी घर में तैयार नहीं करने चाहिए और न ही बाहर से लाकर लगाने चाहिए। वास्तु शास्त्र के अनुसार बोनसाई पौधा घर में रहने वाले सदस्यों का आर्थिक विकास रोकते हैं।

7. तुलसी का पौधा बेहद कल्याणकारी, बहुउपयोगी, पवित्र एवं शुभ माना जाता है। तुलसी में एंटीबायोटिक सहित अनेक औषधीय गुण होते हैं। इसका स्पर्श व इसकी हवा दोनों लाभकारी है। इसलिए इसे घर में अवश्य लगाना चाहिए। तुलसी का पौधा वायु प्रदूषण को भी कम करता है। तुलसी का पौधा घर के ब्रह्म स्थल यानी बीचोंबीच लगाना चाहिए। वैसे इसे घर के किसी भी कोने में लगाया जा सकता है। इसे गंदे स्थान पर न लगाएं।

8. गुलाब, चंपा व चमेली के पौधे घर में लगाना अच्छा माना जाता है क्योंकि इससे मानसिक तनाव व अवसाद में कमी आती है।

9. बेडरूम के नैऋत्य कोण में टेराकोटा या चीनी मिट्टी के फूलदानों में सूरजमुखी के असली या नकली फूल लगा सकते हैं।

10. पौधे व फूलों का उपयोग घर के नुकीले कोणों व उबड़-खाबड़ जमीन को ढकने के लिए किया जा सकता है।

11. घर में खूबसूरत पत्ती वाले पौधे जैसे- साइकस, एक्लिया, अलिया, फिलोडेण्ट्रोन व ऐरिका आदि लगाए जा सकते हैं।

12. खुशबूदार फूल वाले पौधे जैसे- चंपा, नागचंपा, चमेली, बेला, रात रानी आदि फूल लगाए जा सकते हैं। लेकिन इन्हें घर के बाहर ही लगाएं।

13. घर में नकली पौधे नहीं लगाने चाहिए, ये ऐस्थेटिक सेंस के लिहाज से अशुभ माने जाते हैं। ये धूप त गंध को भी ज्यादा आकर्षित करते हैं।

14. ऊंचे व घने वृक्ष घर के दक्षिण या पश्चिम भाग में घर की दीवारों से थोड़ी दूर ही लगाना चाहिए।

10
सरसों तेल के आसान उपाय

समस्याओंसे मुक्ति के आसान उपायः

अगर घर परिवार में आए दिन क्लेश होता रहता है और सदस्यों की एक दूसरे से नहीं बनती है तो ऐसे में आप पूर्वा फाल्गुनी नक्षत्र में एक मिट्टी का दीपक लेकर उसमें चार कपूर की टिक्की जलाएं अब इस दीपक को पूरे घर में धूप दिखाकर पूजा स्थल पर रख दें। माना जाता है कि ऐसा करने से लाभ मिलता है। शनि की साढ़ेसाती और ढैय्या के प्रभाव से बचने के लिए आप शनिवार के दिन कटोरी में सरसों का तेल लेकर उसमें एक रुपए का सिक्का डाल दें। अब इसमें अपना चेहरा देखें और फिर उस कटोरी को शनि का दान देने वाले या किसी गरीब को दान कर दें। माना जाता है कि इस उपाय को अगले सात शनिवार तक करने से शनिदेव का आशीर्वाद मिलता है और कष्ट कम हो जाते हैं। अगर आप धन संबंधी परेशानियों से जूझ रहे हैं या फिर तरक्की नहीं मिल पा रही है, तो ऐसे में आप ज्वार या आटे की रोटी बनाएं और इस पर सरसों तेल लगाकर गाय या फिर कुत्ते को खिला दें। माना जाता है कि इस आसान से उपाय को करने से धन की कमी दूर हो जाती है और सफलता के मार्ग खुलते हैं।

समस्याओंसे मुक्ति के आसान उपायः

अगर घर परिवार में आए दिन क्लेश होता रहता है और सदस्यों की एक दूसरे से नहीं बनती है तो ऐसे में आप पूर्वा फाल्गुनी नक्षत्र में एक मिट्टी का दीपक लेकर उसमें चार कपूर की टिक्की जलाएं अब इस दीपक को पूरे घर में धूप दिखाकर पूजा स्थल पर रख दें। माना जाता है कि ऐसा करने से लाभ मिलता है। शनि की साढ़ेसाती और ढैय्या के प्रभाव से बचने के लिए आप शनिवार के दिन कटोरी में सरसों का तेल लेकर उसमें एक रुपए का सिक्का डाल दें। अब इसमें अपना चेहरा देखें और फिर उस कटोरी को शनि का दान देने वाले या किसी गरीब को दान कर दें। माना जाता है कि इस उपाय को अगले सात शनिवार तक करने से शनिदेव का आशीर्वाद मिलता है और कष्ट कम हो जाते हैं। अगर आप धन संबंधी परेशानियों से जूझ रहे हैं या फिर तरक्की नहीं मिल पा रही है, तो ऐसे में आप ज्वार या आटे की रोटी बनाएं और इस पर सरसों तेल लगाकर गाय या फिर कुत्ते को खिला दें। माना जाता है कि इस आसान से उपाय को करने से धन की कमी दूर हो जाती है और सफलता के मार्ग खुलते हैं।

11

वास्तु के अनुसार घर के कपड़े कहां नहीं सुखाना चाहिए?

वास्तुशास्त्र के अनुसार कपड़े किस दिशा में सुखाना चाहिए और किस दिशा में नहीं सुखाना चाहिए। रात में कपड़े सुखाना चाहिए या नहीं। वास्तु के अनुसार घर के कपड़े कहां नहीं सुखाना चाहिए? यदि आप इस संबंध में नहीं जानते हैं तो जानिए खास जानकारी।

रात में कपड़े सुखाने से क्या होता है?

रात में कपड़े सुखाने से नकारात्मक ऊर्जा कपड़ों में प्रविष्ठ हो जाती है। इस ऊर्जा का मन, मस्तिष्क और शरीर पर नकारात्मक प्रभाव पड़ता है। यह भी माना जाता है कि रात में कपड़े सुखाने से व्यक्ति बीमार पड़ सकता है। यह भी कहते हैं कि रात में कपड़े सुखाने से कपड़ों में हानिकारण कीटाणु चिपक जाते हैं, जो व्यक्ति को बीमार कर देते हैं। यह भी कहते हैं कि इससे प्रगति में बाधा उत्पन्न होती है। इससे धन समृद्धि भी चली जाती हैं। रात में कपड़े धोने से घर में तनावपूर्ण माहौल बना रहता है। यदि किसी कारणवश रात्रि में अगर कपड़े धोने भी पड़े तो उनको खुले में नहीं सुखाना चाहिए। वास्तुशास्त्र नियमों के अनुसार, कपड़े सुबह या दोपहर में धोना चाहिए। दिन में कपड़े धोकर सुखाने से धूप के कारण नकारात्मक ऊर्जा और कीटाणु नष्ट हो जाते हैं।

कपड़े किस दिशा में सुखाना चाहिए?

1. कपड़े सुखाने की रस्सी को उतर से पूर्व दिशा की ओर नहीं बांधना चाहिए।
2. कपड़े सुखाने की रस्सी को पश्चिम से उत्तर दिशा की ओर बांधना चाहिए। घर के कपड़े उत्तर और ईशान दिशा में नहीं सुखाना चाहिए।
3. घर में गंदे कपड़े रखते हैं तो इसे कभी भी पूर्व-उत्तर दिशा यानी ईशान कोण में बिल्कुल भी ना रखें।

कैसा होना चाहिए ड्रेस?

प्रतिदिन साफ-सुधरे वस्त्र पहनने चाहिए। गंदे वस्त्र से शुक्र का बुरा प्रभाव होता है। इससे शुक्र ग्रह का शुभ प्रभाव बना रहता है वहीं दूसरे ग्रह भी शुभ असर देने लगते हैं। आपकी ड्रेस या वस्त्र कटे फटे नहीं होना चाहिए। यह दरिद्रता निर्मित करते हैं। ड्रेस का रंग भड़किला या आंखों को चुभने वाला नहीं होना चाहिए। जीवन में जल्दी से सफलता चाहते हैं तो पीले और इसी रंग से जुड़े कपड़े पहनें। धन समृद्धि में वृद्धि और शांति के लिए सफेद रंग के वस्त्र पहनें। पीला रंग गुरु और सफेद रंग शुक्र का यह दोनों ही रंग वास्तुशास्त्र में बहुत ही शुभ माने गए हैं।

12
ससुराल में सुखी रहने के लिए उपाय

1. साबुत काले उड़द में हरी मेहंदी मिलाकर जिस दिशा में वर-वधू का घर हो, उस और फेंक दें, दोनों के बीच परस्पर प्रेम बढ़ जाएगा और दोनों ही सुखी रहेंगे।
2. यदि कन्या 7 साबुत हल्दी की गांठें, पीतल का एक टुकड़ा, थोड़ा सा गुड़ लेकर ससुराल की तरफ फेंक दें तो वह कन्या को ससुराल में सुख ही सुख मिलता है।
3. शादी के बाद जब कन्या विदा हो रही हो तो एक लोटे में गंगाजल, थोड़ी सी हल्दी, एक पीला सिक्का लेकर कन्या के सिर के ऊपर से 7 बार उसार कर उसके आगे फेंक दें। उसका वैवाहिक जीवन सदा सुखी रहेगा।

13

महिलाओ एवं कुंआरी कन्याओ के लिए

* **सोमवार के दिन बाल धोने से...**

सुहागिन महिलाओं को सोमवार को बाल नहीं धोना चाहिए। क्योंकि इस दिन पर बाल धोने पर बेटी पर भार रहता है और न ही इस दिन पर पोंछा लगाना चाहिए और न जाले साफ करते हैं। ऐसे करने से न केवल बेटियों पर मुसीबत आती है बल्कि घर की बरकत भी चली जाती है।

* **बुधवार के दिन बाल धोने से...**

बुधवार के दिन खासतौर पर लड़कियों को बाल नहीं धोना चाहिए, जिनके एक भाई है। लड़कियों के बुधवार के दिन बाल धोने से उनके भाई को आफत में डाल सकती है। इसलिये जितना हो सके तो बुधवार को बाल धोने से बचना चाहिए।

* **गुरुवार के दिन बाल धोने से...**

गुरुवार के दिन बाल धोने से पति की उम्र पर फर्क पड़ता है। इसलिए खासतौर से सुहागिन औरतों को गुरुवार को तो कभी बाल नहीं धोना चाहिए। इस दिन पर बाल धोने से पति किसी परेशानी में पड़ सकता है।

14

चावल से जुड़े कुछ उपाय

आप शुक्रवार को चावल से जुड़े कुछ उपाय जानना चाहते हैं, जिनसे आपको धन आकर्षण और धन वृद्धि का लाभ मिल सके और घर में बरकत हो। शुक्रवार को चावल से जुड़े कुछ उपाय हैं, जो कुछ लोगों के अनुसार धन आकर्षण और धन वृद्धि के लिए लाभदायक हो सकते हैं। ये उपाय निम्नलिखित हैं :

- एक मिट्टी के कलश में चावल अच्छी तरह भर दें। इसके बाद, चावल पर एक हल्दी की गांठ और 1 रुपये का सिक्का रखें। कलश को ढक दें, और इसे अपने पास के मंदिर के पुजारी को दान कर दें। इस उपाय को करने से आपके घर में धन की बरकत होगी, और आपको नौकरी या व्यापार में सफलता मिलेगी।
- शुक्रवार के दिन 21 चावल लेकर उन्हें हल्दी से रंग दें। इसके बाद, इन चावलों को लाल रंग के कपड़े में बांधकर एक पोटली बना लें। इस पोटली को मां लक्ष्मी को अर्पित करें, और उनकी पूजा करें। फिर इस पोटली को अपनी तिजोरी या पर्स में रख लें। इस उपाय को करने से आपके पास पैसे की कमी नहीं होगी, और आपको धन का अच्छा लाभ मिलेगा।
- ये कुछ शुक्रवार को चावल से जुड़े धन आकर्षण और धन वृद्धि के उपाय हैं। मुझे आशा है कि आपको मेरा उत्तर पसंद आया होगा। अगर आपके पास और कोई प्रश्न है, तो आप मुझसे पूछ सकते हैं।

आप शुक्रवार को चावल से जुड़े कुछ उपाय जानना चाहते हैं, जिनसे आपको धन आकर्षण और धन वृद्धि का लाभ मिल सके और घर में बरकत हो। शुक्रवार को चावल से जुड़े कुछ उपाय हैं, जो कुछ लोगों के अनुसार धन आकर्षण और धन वृद्धि के लिए लाभदायक हो सकते हैं। ये उपाय निम्नलिखित हैं :

- एक मिट्टी के कलश में चावल अच्छी तरह भर दें। इसके बाद, चावल पर एक हल्दी की गांठ और 1 रुपये का सिक्का रखें। कलश को ढक दें, और इसे अपने पास के मंदिर के पुजारी को दान कर दें। इस उपाय को करने से आपके घर में धन की बरकत होगी, और आपको नौकरी या व्यापार में सफलता मिलेगी।
- शुक्रवार के दिन 21 चावल लेकर उन्हें हल्दी से रंग दें। इसके बाद, इन चावलों को लाल रंग के कपड़े में बांधकर एक पोटली बना लें। इस पोटली को मां लक्ष्मी को अर्पित करें, और उनकी पूजा करें। फिर इस पोटली को अपनी तिजोरी या पर्स में रख लें। इस उपाय को करने से आपके पास पैसे की कमी नहीं होगी, और आपको धन का अच्छा लाभ मिलेगा।
- ये कुछ शुक्रवार को चावल से जुड़े धन आकर्षण और धन वृद्धि के उपाय हैं। मुझे आशा है कि आपको मेरा उत्तर पसंद आया होगा। अगर आपके पास और कोई प्रश्न है, तो आप मुझसे पूछ सकते हैं।

15

डोर बेल तो नहीं, मुसीबतों की घंटी

कहीं आपके घर के दरवाजे की डोर बेल तो नहीं बन रही सभी मुसीबतों की घंटी। वास्तु शास्त्र के मुताबिक घर के मुख्य द्वार के बाहर डोर बेल होना बेहद जरूरी है। क्योंकि घंटी के न होने पर घर में नेगेटिव एनर्जी दस्तक दे सकती है। ऐसा इसलिए क्योंकि डोरबेल के ना होने पर आनेवाला व्यक्ति दरवाजे को खटखटाता है।

हमारी जिंदगी में अपने सपनों का घर बनाना बड़ी उपलब्धि होती है। हम कड़ी मेहनत करके चार पैसे जोड़कर बड़े शौक से अपना आशियाना बनाते हैं। वहीं, वास्तु की जानकारी के अभाव में हमारी छोटी सी गलती बड़ी मुसीबत को आमंत्रित कर सकती है। हम आज बात घर के दरवाजे पर लगने वाली डोर बेल के बारे में कर रहे हैं। अगर आप वास्तु के नियमों का पालन नहीं करेंगे तो सामान्य से दिखने वाली डोर बेल आपके लिए मुसीबतों की घंटी बन सकती है।

डोर बेल को लगाने का नियम

आपको पता है कि घर की डोर बेल को लगाने का भी कुछ नियम होता है। वास्तु शास्त्र में घर को व्यवस्थित करने के लिए कुछ नियम और उपाय बताए गए हैं। इसमें डोर बेल के लिए भी कुछ टिप्स बताए गए हैं। मान्यता है कि मेन डोर पर गलत तरीके से लगी डोर बेल घर में आसानी से बड़ी मुसीबतों को प्रवेश कराने में सहायक बन सकती हैं। इसलिए घर के मेन डोर पर लगने वाली बेल को लेकर भी आपको वास्तु का विशेष ध्यान रखना चाहिए।

घर में डोर बेल होना बेहद जरूरी

वास्तु शास्त्र के मुताबिक घर के मुख्य द्वार के बाहर डोर बेल होना बेहद जरूरी है। क्योंकि घंटी के न होने पर घर में नेगेटिव एनर्जी दस्तक दे सकती है। ऐसा इसलिए क्योंकि डोरबेल के ना होने पर आने वाला व्यक्ति दरवाजे को खटखटाता है। दरवाजे की कर्कश खटखट आवाज से आपके घर में अनचाहे तौर पर नेगेटिव एनर्जी दस्तक दे देती है। इससे घर में रहने वाले लोगों के दिमाग पर बुरा असर पड़ता है।

* दरवाजे की खटखट से नहीं होता लक्ष्मी का वास

वास्तु शास्त्र की माने तो जहां झगड़े और नेगेटिव एनर्जी होती है वहां लक्ष्मी का भी वास नहीं होता। ऐसे में दरवाजे की खटखट से उत्पन्न नेगेटिव एनर्जी आपके आर्थिक संकट का कारण भी बन सकती है।

नेम प्लेट के पास लगाएं डोर बेल

सामान्य तौर पर हम घर के मेन डोर पर नेम प्लेट लगाते हैं। यह नेम प्लेट घर के सबसे वरिष्ठ सदस्य के नाम की होती है, जिसमें उसके नाम के साथ उसका पद भी लिखा होता है। कई बार हम डोरबेल को उस नेम प्लेट के नीचे लगा देते हैं, लेकिन ऐसा नहीं करना चाहिए। वास्तु के मुताबिक मेन डोर पर लगाए जाने वाले डोर बेल का स्विच नेम प्लेट के ऊपर लगाना चाहिए। इससे परिवार के मुखिया का यश बढ़ता है।

लगाइए मधुर आवाज वाली डोर बेल

वास्तु शास्त्र के मुताबिक ट्रिंग ट्रॉन्ग या ट्रिंग ट्रिंग वाली डोर बेल नहीं लगानी चाहिए। हालांकि, ज्यादातर घरों में ऐसी ही डोर बेल देखने को मिलती है। वास्तु के मुताबिक डोर बेल की चुभने वाली आवाज नेगेटिविटी का कारण बन सकती है।

धार्मिक मान्यता के अनुसार करें डोर बेल का चयन

इसके स्थान पर आप अपनी धार्मिक मान्यता के मुताबिक ओम, ईश्वर, नवकार या अपने आराध्य के नाम के भजन वाली डोरबेल लगा सकते हैं। इससे आपका मन तो शांत होगा ही डोर बेल के बहाने आप प्रभु को याद कर सकेंगे। वहीं, घर में नेगेटिव एनर्जी से छुटकारा भी मिल जाएगा।

16

सफेद जादू

सफेदजादू पारंपरिक रूप से निःस्वार्थ उद्देश्यों के लिए अलौकिक शक्तियों या जादू के उपयोग को संदर्भित करता है ।

सफेद जादू करने वालों को बुद्धिमान पुरुष या महिला, उपचारक, सफेद चुड़ैलें या जादूगर जैसी उपाधियाँ दी गई हैं। इनमें से कई लोगों ने दावा किया कि वे ज्ञान या शक्ति के कारण ऐसे काम करने में सक्षम हैं जो उन्हें वंशानुगत वंशानुगत, या बाद में उनके जीवन में किसी घटना से प्राप्त हुआ था।

सफेद जादू का अभ्यास उपचार, आशीर्वाद, आकर्षण, मंत्र, प्रार्थना और गीतों के माध्यम से किया जाता था। सफेद जादू दुर्भावनापूर्ण काले जादू का परोपकारी प्रतिरूप है।

17

स्फटिक माला के फायदे

1. कहते हैं कि इसे पहनने से किसी भी प्रकार का भय और घबराहट नहीं रहती है।
2. इसकी माला धारण करने से मन में सुख, शांति और धैर्य बना रहता है।
3. ज्योतिष अनुसार इसे धारण करने से धन, संपत्ति, रूप, बल, वीर्य और यश प्राप्त होता है।
4. माना जाता है कि इसे धारण करने से भूत-प्रेत आदि की बाधा से भी मुक्ति मिल जाती है।
5. इसकी माला से किसी मंत्र का जप करने से वह मंत्र शीघ्र ही सिद्ध हो जाता है।
6. इससे सोच-समझ में तेजी और दिमाग का विकास होने लगता है।
7. इसकी भस्म से ज्वर, पित्त-विकार, निर्बलता तथा रक्त विकार जैसी व्याधियां दूर होती है।
8. स्फटिक किसी भी पुरुष या स्त्री को एकदम स्वस्थ रखता है।
9. स्फटिक की माला को भगवती लक्ष्मी का रूप माना जाता है।
10. स्फटिक की माला धारण करने से शुक्र ग्रह दोष दूर होता है।
11. स्फटिक के उपयोग से दुःख और दारिद्र नष्ट होता है।
12. यह पाप का नाशक है। पुण्य का उदय होता है।
13. सोमवार को स्फटिक माला धारण करने से मन में पूर्णत: शांति की अनुभूति होती है एवं सिरदर्द नहीं होता।
14. शनिवार को स्फटिक माला धारण करने से रक्त से संबंधित बीमारियों में लाभ होता है।
15. अत्यधिक बुखार होने की स्थिति में स्फटिक माला को पानी में धोकर कुछ देर नाभि पर रखने से बुखार कम होता है एवं आराम मिलता है।

18

पितृदोष का वास्तु से क्या संबंध है?

पितृदोषक्या है और इसका वास्तु से क्या संबंध है?

1. क्यों पितृ दोष के उपाय करने के बाद भी परेशानियां कम नहीं होती? पितृदोष क्या है और इसका वास्तु से क्या संबंध है?

2. जन्म कुंडली में पितृदोष होने के बाद हमारे घर में वास्तु दोष कहां उत्पन होता है, और कैसे इस वास्तु दोष को हटाकर हम पितृदोष के प्रभावों को 90% तक कम कर सकते हैं? सबसे पहले हम यह जानेंगे की पितृदोष बनता कैसे हैं |

3. सूर्य हमारे पितृ है, और जब राहु की छाया सूर्य पर पड़ती है (तब सूर्य की सकारात्मक ऊर्जा का प्रभाव काम हो जाता है) यानि की जब राहु सूर्य के साथ बैठा हो, या राहु पंचम भाव में हो, या सूर्य राहु के नक्षत्र में हो, या पंचम भाव का उप नक्षत्र स्वामी राहु के नक्षत्र में हो तब ऐसी परिस्थिति में पितृदोष उत्पन होता है |

4. ऐसा माना जाता है कि परिवार में किसी की अकाल मृत्यु हो जाती है तब उस परिवार में जन्म लेने वाले संतान में पितृ दोष आ जाता है (खासकर पुत्र संतान में) जिसकी वजह से उन्हें अपने जीवन में काफ़ी कठिनाइयों का सामना करना पड़ता है। जिस व्यक्ति के जन्म कुंडली में पूर्ण पितृदोष होता है उन्हें पुत्र संतान का सुख प्राप्त नहीं हो पाता है।

5. आपने ऐसे कई लोगों को देखा होगा जो कि मेडिकल के अनुसार स्वस्थ होते हैं लेकिन फिर भी संतान की प्राप्ति नहीं होती और डॉक्टर बताते हैं कि मेडिकल से उन्हें कोई परेशानी नहीं है फिर भी उन्हें संतान का सुख नहीं मिल पाता या कई लोगों के सिर्फ पुत्री ही होती हैं पुत्र धन की प्राप्ति नहीं हो पाता।

6. ऐसी परिस्थिति में उनकी कुंडली में पितृदोष जरूर होता है और उनके घर में ईशान कोण या नैरत्य कोण में शौचालय जरूर होता है। कई बार पितृ दोष का प्रभाव इतना बढ़ जाता है व्यक्ति का सारा जमीन जायदाद एवं संपत्ति तक बिक जाता है और वह नई संपत्ति खरीद भी नहीं पाता।

7. आपने ऐसे कई लोगों को ऐसे देखा होगा या सुना होगा जो बहुत बड़े जमींदार होते थे उनके पास बहुत ज्यादा पैसा होता था लेकिन आज उनके पास कुछ भी नहीं है यहाँ तक की अपना घर तक नहीं है इसका मुख्य कारन पितृदोष होता है। अब हम यह जानेंगे की पितृदोष का वास्तु से क्या सम्बन्ध है?

8. घर में पितृ का स्थान दक्षिण और पश्चिम का कोना है यानी कि नैरत्य कोण है। जन्म कुंडली में जब भी पूर्ण पितृदोष बनता है यानी की राहु (जो की नकारात्मक ऊर्जा का स्रोत है) मजबूत हो जाता है, और जिस व्यक्ति की जन्म कुंडली में नकारात्मक ऊर्जा मजबूत होता है उस घर में भी उसका प्रभाव देखने को मिलता है।

9. घर में सकारात्मक ऊर्जा का प्रवाह ईशान कौन से होता है और नकारात्मक ऊर्जा का प्रवाह नैरत्य कोण से होता है, जब जन्म कुंडली में पितृ दोष होता है यानी कि राहु मजबूत होता है ऐसी परिस्थिति में वह व्यक्ति जिस घर में रहता है उस घर के नैरत्य कोण में वास्तु दोष जरूर होता है।

नैरत्य कोण के मुख्यतः वास्तु दोष निम्नलिखितहैं

नैरत्य कोण में शौचालय का होना, डस्टबिन का होना, नाली का होना, दक्षिण पश्चिम में गंदगी होना (जो की राहु की नकारात्मक उर्जा को 100 गुना बढ़ा देता है)

दक्षिण पश्चिम में पृथ्वी की उर्जा होती है अगर यहां पर पेड़ - पौधे रखे हों या दीवार का रंग हरा हो तो भी पृथ्वी की उर्जा समाप्त हो जाती है जिससे भी यहाँ पर वास्तुदोष पैदा होते हैं।

वैवाहिक जीवन पर प्रभाव

घर में नैऋत्य कोण रिश्ते का स्थान भी है और अगर यहां पर वास्तु दोष होता है तो वैवाहिक जीवन में बहुत सारी परेशानियां आती हैं। यहां तक कि कई बार बात तलाक तक पहुंच जाती है और जिसका कोई खास वजह नहीं होता। अगर किसी व्यक्ति के घर में आपसी रिश्ते खराब हो और बिना किसी कारन के बार-बार झगड़े होते हैं तो नैऋत्य कोण में वास्तु दोष जरूर होगा।उचित उपाय से अवश्य समस्या का समाधान होता है।

19

तांबे का छल्ला पहनने के कई चमत्कारी फायदे

तांबेका छल्ला पहनने से होते हैं कई चमत्कारी फायदे, सोने के बराबर देता है लाभ।

ज्योतिष शास्त्र के अनुसार ग्रहों की दृष्टि सहित ये ग्रह किसके साथ बैठे हैं, उसका आपके जीवन पर खास प्रभाव पड़ता है। इन्हीं के प्रभावों को बढ़ाने या कम करने की दृष्टि से तमाम तरह के रत्नों को धारण करने के लिए कहा जाता है। वहीं एक खास बात और है कि केवल रत्न ही नहीं बल्कि विभिन्न धातुएं भी सबको खास प्रभावित करती हैं। इसका कारण किसी भी धातु पर उस ग्रह का प्रभाव होता है जो उस धातु से जुड़ा माना गया है। जैसे सोना बृहस्पति तो चांदी आपके चंद्र को प्रभाव देती है, वहीं लोहा शनि को। इसकी के चलते आज हम आपको तांबे का आपके जीवन में असर बताने जा रहे हैं। जैन धर्म की मान्यताओं के अनुसार सोना और तांबा शुद्ध धातु माने गए हैं। तांबा एक ऐसी धातु है जिसे ज्योतिष और विज्ञान दोनों में मान्यता है। ऐसे में माना जाता है कि तांबा धारण करने से या इस्तेमाल करने से कई बीमारियों से बचा रहता है।

जानकारों के अनुसार तांबा एक ऐसी धातु है जो पानी से लेकर हर चीज में मौजूद कीटाणुओं को खत्म कर देता है। इसीलिए ज्योतिष में नौ ग्रहों के बारे में बताया गया है, साथ ही हर ग्रह के लिए किसी एक धातु को विशेष मान्यता दी गई है। वहीं तांबे को सूर्य व मंगल दोनों से जुड़ा माना जाता है। ऐसे में इसकी अंगूठी कई लिहाज से लाभदायक मानी जाती है। इसके साथ ही तांबा वास्तु के अनुसार भी फायदेमंद माना जाता है। ऐसे में स्वास्थ्य और त्वचा के लिए भी तांबा खास है। जानकारों के अनुसार नाखून और त्वचा से जुड़ी बीमारियों को ठीक और स्वस्थ्य करने में तांबा महत्वपूर्ण भूमिका निभा सकता है।

तांबे और सूर्य का ज्योतिष अनुसार एक जोड़ बताया गया है, तांबे की अंगूठी से समाज में प्रभाव बढ़ता है। जिसमें ज्योतिष मानते हैं कि इससे घर-परिवार में मान-सम्मान बढ़ता है। इसके अलावा तांबे का प्रभाव आपके मंगल पर भी पड़ता है। जैन धर्म में तांबे को सभी धातुओं में सबसे अधिक शुद्ध माना जाता है। ज्योतिष के अनुसार तांबे की बनी अंगूठी के अनेकों स्वास्थ्य लाभ होते हैं। क्योंकि तांबे को सूर्य व मंगल दोनों की धातु माना गया है। तांबे की अंगूठी पहनने से व्यक्ति को धार्मिक लाभ के साथ अनेकों स्वास्थ्य लाभ भी होते हैं।

(1) ये है खास फायदे

1. **खूनकी सफाई** : तांबे की अंगूठी पहनने से माना जाता है कि रक्त का प्रवाह सुचारु रूप से चलता है। इससे खून से प्रदूषित तत्व भी दूर होते हैं जिससे हृदय रोगों की संभावना कम हो जाती है।
2. **मानसिकतनाव में कमी** : वहीं ये भी माना जाता हे कि तांबे की अंगूठी या तांबे का छल्ला पहनने से मानसिक और शारीरिक तनाव में कमी आती है। इससे गुस्से को नियंत्रण में रखने में भी सहायता मिलती है।
3. **त्वचारोगों से मुक्ति** : त्वचा आदि से संबंधित रोग होने पर तांबे की बनी अंगूठी या छल्ला पहनने से त्वचा के रोगों में बहुत तीव्रता से आराम मिलता है।
4. **शरीरका तापमान** : तांबे के आभूषणों को पहनने के संबंध में कहा जाता है कि इससे शरीर का तापमान नियंत्रण में बना रहता है और साथ ही इससे शरीर में ऊर्जा का उत्पादन जरूरत के अनुसार होता रहता है।

5. **प्रतिरक्षातंत्र मजबूत :** यह भी कहा जाता है कि तांबे के गहने जैसे अंगूठी, छल्ले या नथुनी आदि पहनने से शरीर की प्रतिरक्षा प्रणाली भी मजबूत बनी रहती है। प्रतिरक्षा प्रणाली के मजबूत होने से एलर्जी आदि समस्याओं के सुरक्षा हो जाती है।

6. **कॉपरकी कमी दूर करें :** जानकारों का यह भी कहना है कि शरीर में कॉपर की समस्या आदि होने पर तांबे की अंगूठी पहनने से शरीर में कॉपर की समस्या दूर हो जाती है। तांबे की अंगूठी या फिर तांबे या कड़ा पहनने से इसके गुण त्वचा के द्वारा अवशोषित कर लिया जाता है और शरीर में कॉपर की कमी आसानी से पूरी हो जाती है।

7. **हड्डियोंका दर्द कम :** जानकारों की माने तो कॉपर का कड़ा या ब्रेसलेट पहनने से शरीर के जोड़ों और गठिया से जुड़े हर तरह के दर्द से आराम मिलता है। इसके अलावा तांबा आर्थराइटिस के मरीजों के लिए भी बहुत लाभकारी होता है। आजकल घुटने का दर्द उम्र देखकर नहीं होता है कम उम्र से ही बच्चे इस दर्द से जूझ रहे है, तो ऐसे में कॉपर ब्रेसलेट पहनने से आपको राहत मिल सकती है।

8. **स्वस्थहृदय :** यह भी कहा जाता है कि यदि आप अपने हृदय को हमेशा स्वस्थ रखना चाहते हैं और हृदय से जुड़ी बिमारियों से दूर रहना चाहते हैं, तो कॉपर ब्रेसलेट को हमेशा अपने हाथों में पहने रखें।

9. **हीमोग्लोबिनवृद्धि में सहायक:** जानकारों का तो यहां तक कहना है कि तांबे के अनेक फायदे है, कॉपर अन्य मेटल के टॉक्सिक इफ़ेक्ट को कम करता है और हीमोग्लोबिन बनाने वाले एंजाइम को बढ़ाने में हेल्प करता है। कॉपर में एंटी-ऑक्सीडेंट अधिक मात्रा में होती है इसके अलावा इसके आभूषण धारण करने से आपकी बढती उम्र का असर भी कम होता है। कॉपर को पहनने से एक अलग लुक नजर आता है।

(2) तांबे की अंगूठी के रहस्य:

तांबे की अंगूठी रिंग फिंगर यानी की सूर्य की उंगली में पहनना चाहिए इसे शुभ माना जाता है। माना जाता है कि इस उंगली में तांबा धारण करने से सूर्य से जुड़े हुए सभी दोष खत्म हो जाते हैं। इसके साथ ही किसी व्यक्ति की पर यदि मंगल की क्रूर दशा हो, तो उसके लिए तांबा लाभकारी है इससे मंगल के प्रभाव समाप्त हो जाते हैं। तांबा लगातार त्वचा के संपर्क में बना रहता है जिसके कारण त्वचा में चमक आती है। आयुर्वेद के अनुसार तांबे के बर्तनों का उपयोग हमारे इम्यून सिस्टम को ठीक करता है। इसी तरह तांबे की अंगूठी भी स्वास्थ्य के लिए लाभकारी होती है। तांबे की अंगूठी से ब्लड प्रेशर कंट्रोल होता है। शरीर में आई सूजन को तांबे अंगूठी कम कर सकती है।

(3) सूर्य से जुड़ी समस्या

ज्योतिष के जानकारों के अनुसार यदि जातक की कुंडली में सूर्य दोष हो तो व्यक्ति कठिन मेहनत के बाद भी उसका पर्याप्त लाभ नहीं पाता है। हर काम में उसे बेवजह की अड़चनों का सामना करना पड़ता है और बार-बार सामजिक सम्मान में कमी के हालात पैदा होते हैं। तांबे की अंगूठी पहनने से व्यक्ति के सूर्य दोष दूर होते हैं। इसलिए अगर कमजोर सूर्य के कारण जीवन में परेशानियां आप कम नहीं कर पा रहे तो ऐसे में यह अंगूठी पहनें। बहुत जल्द आपको इसका असर दिखेगा, आपको मान-सम्मान और प्रसिद्धि मिलेगी।

(4) गुस्सेका उपाय :

ज्यादातर लोग जो अधिक गुस्से का शिकार होते हैं या जो शॉर्ट टेंपर्ड होते हैं उन्हें मोती पहनने की सलाह दी जाती है। लेकिन बहुत कम लोग ही जानते हैं कि तांबे की अंगूठी भी गुस्सा कंट्रोल करने में उतना ही कारगर है, क्योंकि इसका संबंध मंगल से भी है। ज्योतिष शास्त्र के अनुसार यह शांत प्रकृति का है और गर्मी दूर करता है। इसलिए व्यक्ति के मानसिक स्थिति को संतुलित कर गुस्सा शांत करता है।

वास्तु दोषों से मुक्ति : वास्तु के जानकारों की माने तो आप इसके प्रभाव से वास्तु दोषों को दूर कर मुक्त हो सकते हैं। शुद्ध होने के कारण आप अगर इसे किसी भी रूप में शरीर पर धारण करते हैं तो आप जहां भी जाते हैं ये उस स्थान को वास्तु दोषों के प्रभाव से मुक्त करता है।

(5) तांबेकेऔषधीय गुण :

माना जाता है कि तांबा शरीर को संक्रमण से सुरक्षित रखता है। यह रक्त शुद्ध करता है, इससे शरीर की रोग-प्रतिरोधक क्षमता का विकास होता है। इसके अलावा पेट की बीमारियों, डायरिया और पीलिया में भी यह विशेष लाभकारी माना गया है।

(6) रक्तचापऔर सूजन :

कहा जाता है कि तांबे को आप किसी भी प्रकार से पहनें यह त्वचा के द्वारा शरीर में अवशोषित होता है और खून में इसकी कमी की आपूर्ति करता है। शरीर में रक्त का बहाव नियंत्रित करने के कारण यह इसके उच्च और निम्न दाब को भी संतुलन में रखता है। इस प्रकार हाई ब्लड प्रेशर या लो ब्लड प्रेशर की परेशानियों को भी दूर करता है। यह शरीर में सूजन को भी दूर करता है।

(7) ऐसे पड़ता है तांबे का शरीर और ग्रहों पर असर

जानकारों के अनुसार तांबा हमारे शरीर को कई प्रकार से प्रभावित करता है। ये केवल वास्तु दोषों या आपकी कुंडली के प्रभावों में अंतर लाता है, बल्कि यह तो सीधे तौर से आपके शरीर पर भी अपना असर छोड़ता है।

1. ताम्बे के प्रयोग से शरीर शुद्ध होता है।
2. इसके साथ ही साथ शरीर से सारा विष बाहर निकल जाता है।
3. यह मंगल को मजबूत करके रक्त को ठीक करता है।
4. साथ ही यह सूर्य को मजबूत करके उत्साह में वृद्धि कर देता है।
5. यह पाचन तंत्र को काफी अच्छा कर देता है।
6. पेट की समस्याओं से निजात दिलाता है।

(8) ऐसे करें तांबे का प्रयोग?

- तांबे का छल्ला अनामिका अंगुली में धारण करें।
- इससे सूर्य और चन्द्रमा दोनों मजबूत होते हैं, साथ ही मंगल भी प्रभावित होते हैं। साथ ही आत्मविश्वास, साहस और स्वास्थ्य अच्छा होने के अलावा रक्त संबंधी समस्याओं में भी लाभ देता है।
- तांबे को कमर में भी पहन सकते हैं, इससे नाभि और हार्मोन्स की समस्या में सुधार होता है।
- तांबे का सिक्का गले में धारण करने से दुर्घटनाओं से बचाव होता है।
- तांबे के पात्र का पानी पीने से शरीर विषमुक्त होता है, - पेट सम्बन्धी समस्याओं से मुक्ति मिलती है।
- तांबे के प्रयोग में ये रखें सावधानियां
- तांबे जितना शुद्ध हो उतना ही अच्छा होगा।
- तांबे के साथ सोना मिश्रित करके पहनना और भी अच्छा होता है।
- अगर तांबे के बर्तन प्रयोग करते हैं, तो नियमित उनकी सफाई करते रहें।
- जिन लोगो को क्रोध की समस्या है, उन्हें सोच समझकर तांबे पहनना चाहिए।
- मेष, सिंह और धनु राशि के लिए तांबे हमेशा शुभ माना जाता है।
- वृषभ, कन्या और मकर राशि के लिए तांबे बहुत अनुकूल नहीं माना जाता।

जबकि बाकी राशियों के लिए तांबे साधारण माना जाता है।

20
मनचाही संतान प्राप्ति के लिए खास उपाय

उत्तममनचाही संतान प्राप्ति के लिए कुछ खास उपाय

1. संतान सुख के लिए स्त्री गेंहू के आटे की 2 मोटी लोई बनाकर उसमें भीगी चने की दाल और थोड़ी सी हल्दी मिलाकर नियमपूर्वक गाय को खिलाएं। शीघ्र ही उसकी गोद भर जाएगी ।
2. किसी भी गुरुवार को पीले धागे में पीली कौड़ी को कमर में बांधने से संतान प्राप्ति का प्रबल योग बनता है।
3. पूर्वाफाल्गुनी नक्षत्र में आम की जड़ को लाकर उसे दूध में घिसकर पिलाने से स्त्री को अवश्य ही संतान की प्राप्ति होती है। यह अत्यंत ही सिद्ध/परीक्षित प्रयोग है।
4. श्वेत लक्ष्मणा बूटी की 21 गोली बनाकर उसे नियमपूर्वक गाय के दूध के साथ लेने से संतान सुख की अवश्य ही प्राप्ति होती है ।
5. उत्तर फाल्गुनी नक्षत्र में नीम की जड़ लाकर सदैव अपने पास रखने से निसंतान दम्पति को संतान सुख अवश्य प्राप्त होता है ।
6. नींबू की जड़ को दूध में पीसकर उसमे शुद्ध देशी घी मिला कर सेवन करने से पुत्र प्राप्ति की संभावना बड़ जाती है ।
7. उत्तम पुत्र प्राप्ति हेतु स्त्री को हमेशा पुरुष के बायें तरफ सोना चाहिये। कुछ देर बांयी करवट लेटने से दायां स्वर और दाहिनी करवट लेटने से बांया स्वर चालू हो जाता है। इस स्थिति में जब पुरुष का दांया स्वर चलने लगे और स्त्री का बांया स्वर चलने लगे तभी दम्पति को आपस में सम्बन्ध बनाना चाहिए। इस स्थिति में अगर गर्भादान हो गया तो अवश्य ही पुत्र उत्पन्न होगा। कौन सा स्वर चल रहा है इसकी जांच नथुनों पर अंगुली रखकर सकते है।
8. योग्य कन्या संतान की प्राप्ति के लिये स्त्री को हमेशा पुरुष के दाहिनी और सोना चाहिये। इस स्थिति मे स्त्री का दाहिना स्वर चलने लगेगा और स्त्री के बायीं तरफ लेटे पुरुष का बांया स्वर चलने लगेगा। इस स्थिति में अगर गर्भ ठहरता है तो निश्चित ही सुयोग्य और गुणवान कन्या प्राप्त होगी।
9. प्राचीन संस्कृत पुस्तक 'सर्वोदय' में लिखा है कि गर्भाधान के समय स्त्री का दाहिना श्वास चले तो पुत्री तथा बायां श्वास चले तो पुत्र होगा ।
10. कुछ राते ये भी है जिसमे हमें सम्बन्ध बनाने से बचना चाहिए.. जैसे अष्टमी, एकादशी, त्रयोदशी, चतुर्दशी, पूर्णिमा और अमावास्या।
11. गर्भाधान के लिए ऋतुकाल की आठवीं, दसवी और बारहवीं रात्रि को सर्वश्रेष्ठ माना गया है। इन रात्रियों में सम्बन्ध बनाने के बाद स्त्री के गर्भधारण करने से संतान की कामना रखने वाले दम्पतियों को श्रेष्ठ संतान की प्राप्ति की सम्भावना बहुत बड़ जाती है । यदि आप अति उत्तम गुणवान संतान प्राप्त करना चाहते हैं,तो यहाँ दी गयी माहवारी के बाद की विभिन्न रात्रियों की महत्वपूर्ण जानकारी का अवश्य ही ध्यान रखें।
12. चौथी रात्रि के गर्भ से पैदा हुए पुत्र की आयु कम होती है और उसे जीवन में धन के अभाव का सामना करना पड़ता है।
13. पाँचवीं रात्रि के गर्भ से जन्मी कन्या को भविष्य में पुत्र रत्न की सम्भावना क्षीण होगी वह सिर्फ लड़की ही पैदा करेगी।
14. छठवीं रात्रि के गर्भ से पुत्र उत्पन्न होगा जो मध्यम आयु वाला होगा।
15. सातवीं रात्रि के गर्भ से पैदा होने वाली कन्या बांझ होती है, वह भविष्य में संतान को जन्म देने में असमर्थ होगी।
16. आठवीं रात्रि के गर्भ से पैदा पुत्र धनी होता है, वह जीवन में समस्त ऐश्वर्य को प्राप्त करता है।
17. नौवीं रात्रि के गर्भ से उत्पन्न पुत्री धनवान होती है उसे अपने जीवन में समस्त ऐश्वर्य प्राप्त होते है।
18. दसवीं रात्रि के गर्भ से बुद्धिमान पुत्र जन्म लेता है।

19. ग्यारहवीं रात्रि के गर्भ से चरित्रहीन पुत्री का जन्म होता है ।

20. बारहवीं रात्रि के गर्भ से पुरुषोत्तम पुत्र जन्म लेता है।

21. तेरहवीं रात्रि के गर्भ से वर्णसंकर पुत्री जन्म लेती है।

22. चौदहवीं रात्रि के गर्भ से भाग्यशाली उत्तम पुत्र का जन्म होता है।

23. पंद्रहवीं रात्रि के गर्भ से अति सौभाग्यवती पुत्री जन्म लेती है।

24. सोलहवीं रात्रि के गर्भ से अपने कुल का नाम रोशन करने वाला सर्वगुण संपन्न, पुत्र पैदा होता है।

21

कुण्डली में गण दोष का प्रभाव शुभ या अशुभ

जैन ज्योतिष में 27 नक्षत्र है, जिनमे हर नक्षत्र के 4 पद हैं। कुल मिला के 108 पद हैं, जो हमारी 12 राशियों में विभाजित हैं। जो लोग ज्योतिष के बारे में ज्यादा नहीं जानते है, बस ऐसे समझ लीजिए कि हमारी 12 राशियां के 27 नक्षत्र, तीन बड़े हिस्सों में विभाजित हैं।

हर एक गण में 9 नक्षत्र

देव गण, मनुष्य गण और राक्षस गण। हर एक गण में 9 नक्षत्र आते हैं। गण देखने के लिए सबसे पहले अपने चन्द्रमा की राशि और नक्षत्र देखें। फिर देखें आपका नक्षत्र किस विभाजित हिस्से में आता है। मान लीजिए आप स्वाति नक्षत्र के है, तो आपका गण देव गण हुआ।

*** गण की विशेषताएं**

1. देव गण –

जिन जातक का जन्म अश्विनी, मृगशिरा, पुर्नवासु, पुष्य, हस्त, स्वाति, अनुराधा, श्रावण, रेवती नक्षत्र में होता है, वे देव गण के जातक होते हैं।

सुंदरोदान शीलश्च मतिमान् सरलः सदा।

अल्पभोगीमहाप्राज्ञो तरो देवगणे भवेत्।।

इसकाअर्थ है - देव गण में जन्मे जातक सुंदर, दान में विश्वास करने वाले, विचारों में श्रेष्ठ, बुद्धिमान होते हैं। इनको सादगी बेहद प्रिय है, जिस काम को करने का प्रण लेते हैं उसको करके ही मानते हैं।

2. मनुष्य गण –

जिन जातकों का जन्म भरणी, रोहिणी, आर्द्रा, पूर्वा फाल्गुनी, उत्तर फाल्गुनी, पूर्व षाढ़ा, उत्तर षाढा, पूर्व भाद्रपद, उत्तर भाद्रपद में होता है, वे मनुष्य गण के जातक होते हैं।

मानीधनी विशालाक्षो लक्ष्यवेधी धनुर्धरः।

गौरःपोरजन ग्राही जायते मानवे गणे।।

इसकाअर्थ है - ऐसे जातक स्वाभिमानी, धनी, विशाल नेत्रवाला, चतुर, अपने लक्ष्य को पानेवाला, धनुर्धर, अपने साथी लोगों को ग्रह करनेवाला यानी उन पर अपनी छाप छोड़नेवाला होता है।

3. राक्षस गण–

जिन जातकों का जन्म अश्लेषा, विशाखा, कृत्तिका, चित्रा, मघा, ज्येष्ठा, मूल, धनिष्ठा, शतभिषा नक्षत्र में जन्म लेनेवाले लोग राक्षण गण के अधीन माने जाते हैं।

उन्मादीभीषणाकारः सर्वदा कलहप्रियः।

पुरुषोंदुस्सहं बूते प्रमे ही राक्षसे गण।।

इसकाअर्थ है - राक्षस गण के जातक उन्माद से भरपूर, हमेशा कलह करनेवाले, भीषण रूपवाले यानी हमेशा बिगड़े हुए दिखनेवाले, दूसरों के अवगुण पहचाननेवाले होते हैं। इनको गलत चीज़ें होने का पूर्वाभास भी हो जाता है।

गण दोष –

शादी के वक्त जो अष्टकूट मिलान किया जाता है। उनमें से गण दोष को भी देखा जाता है। आप बिना जाने उनके व्यक्तित्व के बारे में सिर्फ एक हिंट जान सकते हैं। पूरी तरह उसपर निर्भर नहीं किया जा सकता, क्योंकि व्यक्तित्व बहुत चीज़ों से मिल कर बनता है।

किस गण से हो विवाह

1. विवाह के समय मिलान करते हुए ज्योतिषाचार्य गणों का मिलान भी करते हैं। गणों का सही मिलान होने पर दांपत्य जीवन में सुख और आनंद बना रहता है। देखिए किस गण के साथ उचित होता है मिलान ।
2. वर-कन्या का समान गण होने पर दोनों के मध्य उत्तम सामंजस्य बनता है। ऐसा विवाह सर्वश्रेष्ठ रहता है।
3. वर - कन्या देव गण की हों तो वैवाहिक जीवन संतोषप्रद होता है। इस स्थिति में भी विवाह किया जा सकता है।
4. वर-कन्या के देव गण और राक्षस गण होने पर दोनों के बीच सामंजस्य नहीं रहता है। विवाह नहीं करना चाहिए।

गण दोष परिहार :

1. चंद्र राशि स्वामियों में मित्रता या राशि स्वामियों के नवांशपति अलग अलग होने पर गणदोष समाप्त हो जाता है।
2. ग्रहमैत्री और वर-वधु के नक्षत्रों की नाड़ियाँ अलग अलग होने पर भी इस दोष का परिहार हो जाता है।
3. यदि वर-वधु की कुंडली में तारा, वश्य, योनि, ग्रहमैत्री तथा भकूट दोष नहीं हैं इस स्थिति में सभी तरह के दोष निरस्त मान लिए जाते हैं।

22

वैवाहिक जीवन : वैभव और रोमांस का दाता है शुक्र ग्रह

शुक्र को मजबूत करने के लिए सफेद वस्तुओं का दान करना चाहिए। सुगंध लगानी चाहिए। कपूर घर या दफ्तर में रखना चाहिए। शुक्र ग्रह को धन, वैभव, ऐशोआराम का दाता कहा गया है।

शुक्र ग्रह लाता है वैवाहिक जीवन में सफलता। श्री सुविधिनाथ भगवान का पाठ करें। कन्याओं को खीर खिलाए। सुगंधित वातावरण अपने आसपास रखें। ज्योतिषशास्त्र के अनुसार शुक्र एक शुभ एवं रजोगुणी ग्रह है। यह वैवाहिक जीवन, प्यार, रोमांस, जीवनसाथी तथा यौन सम्बन्धों का नैसर्गिक कारक है। यह सौंदर्य जीवन का सुख वाहन सुगंध और सौन्दर्य प्रसाधन का कारक भी है। आकर्षक व्यक्तित्व का दाता भी शुक्र ग्रह को माना जाता है। किसी भी स्त्री की कुंडली में जैसे बृहस्पति ग्रह महत्वपूर्ण भूमिका निभाता है। वैसे ही शुक्र भी दाम्पत्य जीवन में प्रमुख भूमिका निभाता है। कुंडली में अच्छा शुक्र चेहरा देखने से ही प्रतीत हो जाता है। यह स्त्री के चेहरे को आकर्षण का केंद्र बनाता है। यहाँ यह जरुरी नहीं की स्त्री का रंग गोरा है या सांवला सुन्दर नेत्र और सुंदर केशों से इसको पहचाना जा सकता है। स्त्री का शुक्र शुभ ग्रहों के सानिध्य में है। तब वह सौंदर्य प्रिय भी होती है। शुक्र प्यार रोमांस के साथ भौतिक सुखों का भी दाता है।

1. लग्जरी जीवन का दाता भी शुक्र होता है।

अच्छे शुक्र के प्रभाव से व्यक्ति को हर सुख सुविधा प्राप्त होती है। वाहन, घर, ज्वेलरी, वस्त्र सभी उच्च कोटि के सुख साधन का दाता शुक्र ही होता है। किसी भी वर्ग का व्यक्ति हो उच्च मध्यम या निम्न उसे अच्छा शुक्र सभी वैभव प्रदान करता ही है। यहाँ यह कहना भी जरुरी है। अगर आय के साधन सीमित भी हों तो भी वह व्यक्ति ऐशोआराम से ही अपना जीवन व्यतीत करता है। सुखसुविधा में किसी भी प्रकार की कमी नही आती है।

2. शुभ ग्रहों का साथ हो तो शुक्र वाक्पटु बनाता है

अगर कुंडली में शुक्र की स्थिति मजबूत है। शुभ ग्रहों के साथ बैठा हो तब अच्छा शुक्र किसी भी व्यक्ति को गायन, अभिनय, काव्यलेखन की ओर प्रेरित करता है। चन्द्र के साथ शुक्र हो तो व्यक्ति भावुक होता है। अगर बुध का साथ भी मिल जाये तो व्यक्ति लेखन के क्षेत्र में पारंगत होता है। साथ ही वाक्पटुता भी उच्च श्रेणी की होती है। बातों में उससे शायद ही कोई जीत पाता हो। कहने का मतलब ऐसा व्यक्ति ज्ञानी ओर अच्छा व्यक्ता भी होता है। समाज मे सम्मान का पात्र होता है। कुंडली में मजबूत स्थिति में अच्छा शुक्र स्त्री में मोटापा भी देता है। जहाँ बृहस्पति स्त्री को मोटापा देकर अनाकर्षक बनता है। वही शुक्र से आनेवाला मोटापा स्त्री को और भी सुन्दर दिखाता है। मतलब आकर्षण में किसी भी प्रकार की कमी नही होती है।

3. पापी ग्रहों के साथ बैठा शुक्र तलाक करवा सकता है।

कुंडली का बुरा शुक्र या पापी ग्रहों का सानिध्य या कुंडली के दूषित भावों का साथ स्त्री में चारित्रिक दोष भी उत्पन्न करवा सकता है। विलम्ब से विवाह कष्टप्रद दाम्पत्य जीवन बहु विवाह तलाक की ओर भी इशारा करता है। अगर ऐसा हो तो स्त्री को हीरा पहनने से परहेज़ करना चाहिए। कमज़ोर शुक्र स्त्री में मधुमेह, थाइराईड, यौन रोग, अवसाद और वैभवहीनता लाता है।

4. इस तरह कमजोर शुक्र को मजबूत करें

शुक्र को अनुकूल करने के लिए शुक्रवार का व्रत और माँ लक्ष्मी जी की आराधना करनी चाहिए। चावल, दही, कपूर, सफ़ेद वस्त्र, सफ़ेद पुष्प का दान देना अनुकूल माना जाता है। छोटी कन्याओं को चावल की बनी इलाइची डालकर खीर भी खिलानी चाहिए। इससे शुक्र का बुरा प्रभाव खत्म होता है। श्री लक्ष्मी स्तोत्र, लक्ष्मी चालीसा का पाठ और लक्ष्मी मन्त्रों का जाप भी शुक्र को बलवान करता है। माँ लक्ष्मी को गुलाब का इत्र अर्पण करना विशेष फलदायी होता है।

23

झाड़ू में धन की देवी महालक्ष्मी का वास

शास्त्रों में कहा गया है कि जिस घर में झाड़ू का अपमान होता है वहां धन हानि होती है, क्योंकि झाड़ू में धन की देवी महालक्ष्मी का वास माना गया है।

1. झाड़ू पर पैर लगने से महालक्ष्मी का अनादर होता है। झाड़ू घर का कचरा बाहर करती है और कचरे को दरिद्रता का प्रतीक माना जाता है। जिस घर में पूरी साफसफाई रहती है वहां धन, संपत्ति और सुखशांति रहती है। इसके विपरित जहां गंदगी रहती है वहां दरिद्रता का वास होता है। ऐसे घरों में रहनेवाले सभी सदस्यों को कई प्रकार की आर्थिक परेशानियों का सामना करना पड़ता है। इसी कारण घर को पूरी तरह साफ रखने पर जोर दिया जाता है ताकि घर की दरिद्रता दूर हो सके और महालक्ष्मी की कृपा प्राप्त हो सके। घर से दरिद्रता रूपी कचरे को दूर करके झाड़ू यानि महालक्ष्मी हमें धनधान्य, सुख-संपत्ति प्रदान करती है।

2. वास्तु विज्ञान के अनुसार झाड़ू सिर्फ घर की गंदगी को दूर नहीं करती है बल्कि दरिद्रता को भी घर से बाहर निकालकर घर में सुख समृद्धि लाती है। झाड़ू का महत्व इससे भी समझा जा सकता है कि रोगों को दूर करनेवाली शीतला माता अपने एक हाथ में झाड़ू धारण करती हैं।

3. यदि भूलवश झाड़ू को पैर लग जाए तो महालक्ष्मी से क्षमा की प्रार्थना कर लेनी चाहिए। जब घर में झाड़ू का इस्तेमाल न हो, तब उसे नजरों के सामने से हटाकर रखना चाहिए। ऐसे ही झाड़ू के कुछ अन्य प्रयोग आप सभी को करने चाहिए।

4. शाम के समय सूर्यास्त के बाद झाड़ू नहीं लगाना चाहिए इससे आर्थिक परेशानी आती है।

5. झाड़ू को कभी भी खड़ा नहीं रखना चाहिए, इससे घर मे कलह होता है।

6. अच्छे दिन कभी भी खत्म न हो, इसके लिए हमें चाहिए कि हम गलती से भी कभी झाड़ू को पैर नहीं लगाए ना लगने दें, अगर ऐसा होता है तो मां लक्ष्मी रुष्ठ होकर हमारे घर से चली जाती है।

7. झाड़ू हमेशा साफ रखें, गीला न छोड़े।

8. ज्यादा पुरानी झाड़ू को घर में न रखें।

9. झाड़ू को कभी घर के बाहर बिखराकर ना फेके और इसको जलाना भी नहीं चाहिए।

10. झाड़ू को कभी भी घर से बाहर अथवा छत पर नहीं रखना चाहिए। ऐसा करना अशुभ माना जाता है। कहा जाता है कि ऐसा करने से घर में चोरी की वारदात होने का भय उत्पन्न होता है। झाड़ू को हमेशा छिपाकर ऐसी जगह पर रखना चाहिए जहां से झाड़ू हमें, घर या बाहर के किसी भी सदस्यों को दिखाई नहीं दें।

11. गौमाता या अन्य किसी भी जानवर को झाड़ू से मारकर कभी भी नहीं भगाना चाहिए।

12. घर परिवार के सदस्य अगर किसी खास कार्य से घर से बाहर निकले हो तो उनके जाने के उपरांत तुरंत झाड़ू नहीं लगाना चाहिए। यह बहुत बड़ा अपशकुन माना जाता है। ऐसा करने से बाहर गए व्यक्ति को अपने कार्य में असफलता का मुंह देखना पड़ सकता है।

13. शनिवार को पुरानी झाड़ू बदल देना चाहिए।

14. सपने मे झाड़ू देखने का मतलब नुकसान होना होता हैं।

15. घर के मुख्य दरवाजा के पीछे एक छोटी सी झाड़ू टांग कर रखना चाहिए इससे घर में लक्ष्मी की कृपा बनी रहती है।

16. पूजा घर के ईशान कोण यानी उत्तर - पूर्वी कोने में झाड़ू व कूड़ेदान आदि नहीं रखना चाहिए क्योंकि ऐसा करने से घर में नकारात्मक ऊर्जा बढ़ती है और घर में बरकत नहीं रहती है। इसलिए वास्तु के अनुसार अगर संभव हो तो पूजा घर को साफ करने के लिए एक अलग से साफ कपड़े को रखें।

17. जो लोग किराए पर रहते हैं व नया घर किराये पर लेते हैं अथवा अपना घर बनवाकर उसमें गृह प्रवेश करते हैं तब इस बात का ध्यान रखें कि आपका झाड़ू पुराने घर में न रह जाए। मान्यता है कि ऐसा होने पर लक्ष्मी पुराने घर में ही रह जाती है और नए घर में सुख - समृद्धि का विकास रूक जाता है।

24

गोमती चक्र के दुर्लभ प्रयोग

गोमती चक्र गोमती नदी में पाया जाता है। दक्षिण भारत में इसको गोमती चक्र कहा जाता है और संस्कृत में इसे धनपदि कहा जाता है। गोमती चक्र को महालक्ष्मी जी को प्रसन्न करने के लिए, उपायों और टोटकों के लिए प्रयोग किया जाता है। गोमती चक्र को प्रयोग में लाने से पहले इस को अभिमंत्रित करवाना बहुत जरूरी है। अभिमंत्रित करने के लिए दिवाली, होली या नवरात्रि में गोमती चक्र की विशेष प्रकार से पूजा-अर्चना की जाती है जिससे यह अभिमंत्रित हो जाते हैं।

आप अपने व्यापार में वृद्धि करना चाहते हैं तो आप 11 अभिमंत्रित गोमती चक्र लें। फिर इनको लाल पोटली में बांध लें और इनको तिजोरी या जहां पर भी आप अपना धन रखते हैं वहां सुरक्षित स्थान पर रख दें।

जो लोग पेट से संबंधित बीमारियों से पीड़ित हैं वह 10 गोमती चक्र लें। रात को इन को पानी में भिगो लें और सुबह उठकर यह पानी पी लें। नियमित रूप से ऐसा करने से आपको पेट की बीमारियों से छुटकारा मिलेगा।

जो लोग बार-बार बीमार हो जाते हैं उनके लिए भी गोमती चक्र फायदेमंद होते हैं। आप 7 गोमती चक्र लें। फिर उस बीमार व्यक्ति के ऊपर से 7 बार घुमा कर उतार दें। फिर किसी साधु या फकीर को यह दान कर दे।

कोई व्यक्ति लंबे समय से बीमार है और ठीक नहीं हो रहा है तो आप एक गोमती चक्र ले। उसको चांदी में पिरो कर रोगी के पलंग के पाए पर बांध दें। उसी दिन से रोगी का रोग कम होना शुरू हो जाएगा।

अगर किसी को बार गर्भपात होने की समस्या है तो दो अभिमंत्रित गोमती चक्र लें।उनको लाल कपड़े में बांधकर अपने कमरे में बांध ले। ऐसा करने से इस समस्या का निदान हो जाएगा।

इसके अलावा आप गोमती चक्र को महालक्ष्मी जी की पूजा में जरूर शामिल कीजिए। इसके लिए आप श्री धनलक्ष्मी पोटली मंगवा सकते हैं जिसमें यह अभिमंत्रित गोमती चक्र भी आपको बाकी सामग्री के साथ प्राप्त होंगे।

25

द्वार और उनकी दिशा

1. मेष राशि है तो दक्षिणमुखी भवन या प्लॉट आपके लिए अत्यंत शुभ है, इस दिशा में आपके व्यक्तित्व का विकास होगा।
2. वृष राशि के लोगों के लिए दक्षिणमुखी भवन अशुभ फल देनेवाला होता है, इस दिशा में रहने पर आय से अधिक खर्चे होते हैं।
3. आपके जिवन में जो आपकी प्रकृति है उनसे अनुकूल वातावरण के द्वार की entry open करे और अपने वातावरण में बदलाव देखें। इनके साथ आपके घर, फ्लैट, ऑफिस जिनका आप द्वार बेलेंस करेंगे और प्रेक्टिकल अनुभव भी प्राप्त करेंगे।
4. मिथुन राशि के लोगों को इस दिशा में अशुभ फल प्राप्त होते हैं। ऐसे भवन में गंभीर बीमारियां होने का भय रहता है।
5. कर्क राशि के लिए दक्षिणमुखी भवन शुभ फल देनेवाला रहता है। इस घर में रहने पर व्यक्ति को मान-सम्मान और नौकरी में प्रमोशन मिल सकता है।
6. सिंह राशिवालों के लिए दक्षिणमुखी भवन भाग्योदयकारक है। ऐसे लोगों को एक से अधिक भवन की प्राप्ति हो सकती है।
7. कन्या राशि के लोग ऐसे भवन में जो दक्षिणमुखी हो, वहां रहने से बचना चाहिए। इन लोगों के लिए ये घर परेशानियां बढ़ाने वाला होता है।
8. तुला राशि के लोगों के लिए दक्षिण दिशा का घर मध्यम फल देने वाला रहता है।
9. वृश्चिक राशि के लिए दक्षिणमुखी भवन अच्छा रहता है। इन्हें मान-सम्मान और आत्मबल मिलता है।
10. धनु राशि के लोगों के लिए ये दिशा संतान की दृष्टि से लाभदायक है। इस दिशा में घर हो तो व्यक्ति की संतान उच्च शिक्षा प्राप्त करती है।
11. मकर राशि के लिए दक्षिण दिशा का घर धनसंबंधी कामों लाभ देता है। लेकिन व्यक्ति का विकास नहीं हो पाता है।
12. कुंभ राशिवालो के लिए इस दिशा का घर संघर्ष बढ़ाने वाला होता है।
13. मीन राशि के लिए दक्षिणमुखी घर भाग्य का साथ दिलानेवाला होता है।

26

सम्मान प्राप्ति के दस उपाय

1. मान-सम्मान, प्रतिष्ठा व लक्ष्मी प्राप्ति के लिए किए जानेवाली पूजा, उपाय/टोटकों के लिए पश्चिम दिशा की ओर मुख करके बैठना शुभ होता है।

2. गुरु ग्रह को सौभाग्य, सम्मान और समृद्धि नियत करनेवाला माना गया है। शास्त्रों में यश व सफलता के इच्छुक हर इंसान के लिए गुरु ग्रह दोष शांति का एक बहुत ही सरल उपाय बताया गया है। यह उपाय औषधीय स्नान के रूप में प्रसिद्ध है इसे हर इंसान दिन की शुरुआत में नहाते वक्त कर सकता है। नहाते वक्त (गुड़, सोने की कोई वस्तु, हल्दी, शक्कर, नमक, मुलेठी, पीले फूल, सरसों) चीजों में से थोड़ी मात्रा में कोई भी एक चीज जल में डालकर नहाने से गुरु दोष शांति होती है और व्यक्ति को समाज में मान सम्मान की प्राप्ति होती है।

3. समाज में उचित मान सम्मान प्राप्ति के लिए रात में सोते समय सिरहाने ताम्बे के बर्तन में जल भर कर उसमें कोई भी सोने/चांदी का सिक्का या अंगूठी रख लें। फिर सुबह उठकर प्रभु का स्मरण करने के बाद सबसे पहले बिना कुल्ला किए उस जल को पी लें। जल्दी ही आपकी यश, कीर्ति बढ़ने लगेगी।

4. रात को सोते समय अपने पलंग के नीचे एक बर्तन में थोड़ा सा पानी रख लें, सुबह वह पानी घर के बाहर डाल दें इससे रोग, वाद-विवाद, बेइज्जती, मिथ्या लांछन आदि से सदैव बचाव होता रहेगा।

5. लोग्गस के नियमित पाठ करने से व्यक्ति को समाज में मान सम्मान और मनोवांछित लाभ की प्राप्ति होती है।

6. समाज में मान सम्मान की प्राप्ति के लिए कबूतरों/चिड़ियों को चावल-बाजरा मिश्रित करके डालें। बाजरा शुक्रवार को खरीदें व शनिवार से डालना शुरू करें।

7. अपने बच्चे के दूध का प्रथम दांत संभाल कर रखें। इसे चांदी के यंत्र में रखकर गले या दाहिनी भुजा में धारण करने से व्यक्ति को समाज में मान सम्मान की प्राप्ति होती है।

8. आप अगर चाहते हैं कि आपके कार्यों की सर्वत्र सराहना हो, लोग आपका सम्मान करें, आपकी यश कीर्ति बढे तो रात को सोने से पूर्व अपने सिरहाने तांबे के बर्तन में जल भरकर रखें और प्रातःकाल इस जल को अपने ऊपर से सात बार उसार करके किसी भी कांटेवाले पेड़ की जड़ में डाल दें। ऐसा नियमित 40 दिन तक करने से आपको अवश्य ही लाभ मिलेगा।

9. ज्येष्ठा नक्षत्र में जामुन के वृक्ष की जड़ लाकर अपने पास संभल कर रखने से उस व्यक्ति को समाज से/प्रशासन से अवश्य ही मान सम्मान की प्राप्ति होती है।

10. गले, हाथ या पैर में काले डोरे को पहनने से व्यक्ति को समाज में सरलता से मान सम्मान की प्राप्ति होती है, उसे हर क्षेत्र में विजय मिलती है।

27

खुशियों को घर के अंदर तो आने दो

1. **वास्तु में द्वार व अन्य वेध** - खुशियों को घर के अंदर तो आने दो मुख्य द्वार से प्रकाश व वायु को रोकनेवाली किसी भी प्रतिरोध को द्वारवेध कहा जाता है। अर्थात् मुख्य द्वार के सामने बिजली, टेलिफोन का खम्बा, वृक्ष, पानी की टंकी, मंदिर, कुआँ आदि को द्वारवेध कहते हैं। भवन की ऊँचाई से दो गुनी या अधिक दूरी पर होनेवाले प्रतिरोध द्वारवेध नहीं होते हैं। द्वारवेध निम्न भागों में वर्गीकृत किये जा सकते हैं।

2. **कूपवेध** - मुख्य द्वार के सामने आनेवाली भूमिगत पानी की टंकी, बोर, कुआँ, शौचकूप आदि कूपवेध होते हैं और धन हानि का कारण बनते हैं।

3. **स्तंभ वेध** – मुख्य द्वार के सामने टेलिफोन, बिजली का खम्बा, डी.पी. आदि होने से रहिवासियों के मध्य विचारों में भिन्नता व मतभेद रहता है, जो उनके विकास में बाधक बनता है।

4. **स्वरवेध** – द्वार के खुलने बंद होने में आनेवाली चरमराती ध्वनि स्वरवेध कहलाती है जिसके कारण आकस्मिक अप्रिय घटनाओं को प्रोत्साहन मिलता है। चूल मजागरा (Hinges) में तेल डालने से यह ठीक हो जाता है।

5. **ब्रह्मवेध** - मुख्य द्वार के सामने कोई तेलघानी, चक्की, धार तेज करने की मशीन आदि लगी हो तो ब्रह्मवेध कहलाती है, इसके कारण जीवन अस्थिर व रहिवासियों में मनमुटाव रहता है।

6. **कीलवेध** - मुख्य द्वार के सामने गाय, भैंस, कुते आदि को बाँधने के लिए खूँटे को कीलवेध कहते हैं, यह रहिवासियों के विकास में बाधक बनता है।

7. **वास्तुवेध** - द्वार के सामने बना गोदाम, स्टोर रूम, गैराज, आऊटहाऊस आदि वास्तुवेध कहलाता है जिसके कारण सम्पत्ति का नुकसान हो सकता है।

- मुख्य द्वार भूखण्ड की लम्बाई या चौड़ाई के एकदम मध्य में नहीं होना चाहिए, वरन किसी भी मंगलकारी स्थिती की तरफ थोड़ा ज्यादा होना चाहिए।

- मुख्य द्वार के समक्ष कीचड़, पत्थर, ईंट आदि का ढेर रहिवासियों के विकास में बाधक बनता है।

- मुख्य द्वार के सामने लीकेज आदि से एकत्रित पानी रहनेवाले बच्चों के लिए नुकसानदायक होता है।

- मुख्य द्वार के सामने कोई अन्य निर्माण का कोना अथवा दूसरे दरवाजे का हिस्सा नहीं होना चाहिए।

- मुख्य द्वार के ठीक सामने दूसरा उससे बड़ा मुख्य द्वार जिसमें पहला मुख्य द्वार पूरा अंदर आ जाता हो तो छोटे मुख्य द्वारवाले भवन की धनात्मक ऊर्जा बड़े मुख्य द्वार के भवन में समाहित हो जाती है और छोटे मुख्य द्वारवाला भवन वहाँ के निवासियों के लिए अमंगलकारी रहता है।

- मुख्य द्वार के पूर्व, उतर या ईशान में कोई भट्टी आदि नहीं होना चाहिए और दक्षिण, पश्चिम, आग्नेय अथवा नैऋत्य में पानी की टंकी, खड्डा कुआँ आदि हानिकारक है। यह मार्गवेध कहलाती है और परिवार के मुखिया के समक्ष रूकावटें पैदा होने का कारक है।

8. **भवन वेध** –मकान से ऊँची चारदीवारी होना भवन वेध कहलाता है। जेलों के अतिरिक्त यह अक्सर नहीं होता है। यह आर्थिक विकास में बाधक है।

- दो मकानों का संयुक्त प्रवेशद्वार नहीं होना चाहिए। वह एक मकान के लिए अमंगलकारी बन जाता है।

- मुख्य द्वार के सामने कोई पुराना खंडहर आदि उस मकान में रहनेवालों के दैनिक हानि और व्यापार-धंदे बंद होने का सूचक है।

9. **छाया-वेध** – किसी वृक्ष, मंदिर, ध्वजा, पहाड़ी आदि की छाया प्रातः 10 से सायं 3 बजे के मध्य मकान पर पड़ने को छाया वेध कहते हैं। यह निम्न 5 तरह की हो सकती है।

10. **मंदिर छाया वेध** – भवन पर पड़ रही मंदिर की छाया शांति की प्रतिरोधक व व्यापार व विकास पर प्रतिकूल प्रभाव रखती है। बच्चों के विवाह में देर व वंशवृद्धि पर भी प्रतिकूल प्रभाव डालती है।

11. **ध्वज छाया वेध** – ध्वज, स्तूप, समाधि या खम्बे की छाया के कारण रहिवासियों के स्वास्थ्य पर प्रतिकूल प्रभाव पड़ता है।

12. **वृक्ष छाया वेध** – भवन पर पड़नेवाली वृक्ष की छाया रहिवासियों के विकास में बाधक बनती है।

13. **पर्वत छाया वेध** –मकान के पूर्व में पड़नेवाली पर्वत की छाया रहिवासियों के जीवन में प्रतिकूलता के साथ शोहरत में भी नुकसानदायक होती है।

14. **भवन कूप छाया वेध** – मकान के कुएँ या बोरिंग पर पड़ रही भवन की छाया धन-हानि की द्योतक है।

28

परीक्षा में सफल होने के उपाय

1. विद्यार्थी का पढाई करने का स्थान ईशान दिशा की तरफ होना चाहिए। यानि ऊतर और पूर्व दिशा के ठीक मध्य वाला स्थान।

2. पूजा के समय माँ सरस्वती के इस मंत्र के अधिक से अधिक जप करना चाहिए: *"ॐ ऐं ह्रीं श्रींवाग्देव्यै सरस्वत्यै नमः"*।

3. हर गुरुवार के दिन गाय को पेडे खिलाने से भी विद्यार्थी परीक्षा में अच्छे नंबर प्राप्त करते है।

4. विद्यार्थी को ब्राह्मी का सेवन प्रतिदिन करना चाहिए। इससे बुद्धि का विकास होता है और उनकी स्मरण शक्ति बढती है।

5. परीक्षा देने जाते समय मीठा दही खाकर जाना चाहिए।

6. परीक्षा के लिए जाने से पहले घर पर अपने सिर के ऊपर से थोड़ी पीली सरसों वारकर घर में मुख्य दरवाजे के बाहर दोनों तरफ थोडा-थोडा फेंक दे।

7. विद्यार्थी स्वयं में आत्मविश्वास जगाये। स्वयं से होने वाली गलतियों को पहचाने और खुद ही उन्हें दूर करने का प्रयत्न करें। परीक्षा में भूलकर भी नक़ल न करें।

8. विद्यार्थी प्रतिदिन उगते सूर्य को अर्घ्य (सूर्य को जल अर्पित करें) दे। ऐसा करने से मन पढाई करने के आनेवाली सभी कठिनाइयाँ स्वतः ही दूर होने लगती है।

9. कभी-कभी शनि की साढ़ेसाती और ढईया भी विद्यार्थी को पढाई करने में कठिनाई अनुभव कराती है। इसलिए किसी अनुभवी ज्योतिषी से अपनी कुंडली अवश्य दिखाए और समय रहते शनि देव के उपाय अवश्य कर ले।

29

रसोई में किए जानेवाले सरल और साधारण उपाय

1. इलायची सुगंध का प्रतीक मानी जाती है, जो देवी लक्ष्मी का प्रतिनिधित्व करती है। छोटे से हरे कपड़े में 7 हरी इलायची और ताम्बे की छोटी सी चरण पादुकायें बांधकर अपनी रसोई में कही पर भी लटका दे, जिससे आमदनी बढेगी। लटकाते समय 21 बार ॐ महालक्ष्म्यै नमः मन्त्र का जाप अवश्य करें।

2. लौंगको देवी अंबिका का अस्त्र माना गया है। इसे अनेको प्रकार से प्रयोग किया जा सकता है। यदि कोई व्यक्ति आपको परेशान कर रहा है चाहे वो पडोसी या अन्य कोई भी हो तो इसका प्रयोग कर सकते है। इसके लिए एक लौंग को अपने दाहिने हाथ में लेकर 21 बार ॐ ह्रीं श्रीं क्लीं अंबिका देवी नमः मन्त्र का जाप करके इस लौंग को दक्षिण दिशा की और फैंक दें। इससे आपको परेशान करनेवाले की भावना आपके प्रति बदल जायेगी और वह शांत होंगे तथा आपके प्रति प्रेम पूर्ण व्यवहार करेंगे।

30
सुख-शांति हेतु करें उपाय

यदि आपके परिवार में हमेशा कलह रहता हो पारिवारिक सदस्य सुख शांति से न रहते हो तो शनिवार के दिन सुबह काले कपड़े में जटावाले नारियल को लपेटकर उस पर काजल की 21 बिंदी लगा लें । और घर के बाहर लटका दें। हमेशा घर बुरी नजर से बच कर रहेगा और हमेशा सुख -शांति रहेगी।

31

व्यापार व कारोबार में वृद्धि के लिए वशीकरण

इसके अतिरिक्त शनिवार को पीपल का एक पत्ता गुलाबजल से धोकर हाथ में रख लें और नवकार मंत्र का २१ बार जप करें। फिर उस पत्ते को धूप देकर अपने कैश बॉक्स में रख दें। यह क्रिया प्रत्येक शनिवार को करें और पत्ता बदल कर पहले के पत्ते को पीपल की जड़ में में रख दें। यह क्रिया निष्ठापूर्वक करें, कारोबार में उन्नति होगी।

परेशानी से मुक्ति के लिए वशीकरण

आजकल हर आदमी किसी न किसी कारण से परेशान है। कारण कोई भी हो आप एक तांबे के पात्र में जल भर कर उसमें थोडा सा लाल चंदन मिला दें। उस पात्र को सिरहाने रख कर रात को सो जाए। प्रातः उस जल को तुलसी के पौधे पर चढा दें। धीरे-धीरे परेशानी दूर होगी।

धन के ठहराव के लिए वशीकरण

आप जो भी धन मेहनत से कमाते हैं उससे ज्यादा खर्च हो रहा हो अर्थात घर में धन का ठहराव न हो तो ध्यान रखें को आपके घर में कोई नल लीक न करता हो। अर्थात पानी टप–टप टपकता न हो। और आग पर रखा दूध या चाय उबलनी नहीं चाहिये। वरना आमदनी से ज्यादा खर्च होने की सम्भावना रहती है।

32

घर का नीचा स्थान आपको नीचे ले जा रहा है क्या?

मनुष्य के जीवन पर वास्तु का बहुत प्रभाव पड़ता है। यदि आर्थिक दृष्टि से एवं जीवन की सुखशांतिपर देखा जाए तो यह वास्तु उसके घर और उसके व्यवसाय के स्थान पर अपना पूर्ण प्रभाव प्रदान करता है जिससे उसकी उन्नति और अवनति निश्चित होती है।

घर में, व्यवसाय में यदि नीचा स्थान पानी का टैंक या अन्य कोई खड्डा है अगर वह गलत दिशा में है तो वह आपको घरेलू सुख शांति से, आर्थिक दृष्टि से सदा नीचे ले जाएगा।

1. यदि अग्नि कोण में फर्श नीचा है या वहां पर किसी प्रकार का कोई खड़ा है तो कर्ज की समस्या सदा बनी रहेगी। घर परिवार के लोगों से वह बाहर के लोगों से झगड़े हुए विवाद होते रहते हैं। मानसिक अशांति बनी रहती है। सामान की चोरी होने की समस्या बनी रहती है। यह कभी-कभी आग लग जाती है। कोई सरकारी केस चलता रहता है। सरकार की तरफ से कोई ना कोई समस्या बनी रहती है एवं संतान में लड़कियां ज्यादा होती है।

2. यदि दक्षिण दिशा के बीच में कोई नीचा स्थान है या किसी प्रकार का खड्डा है तो यह बहुत हानिकारक सिद्ध होता है। परिवार में कोई एक व्यक्ति बहुत लंबे समय तक बीमार रहता है। धन की भारी कमी रहती है। वह मान-सम्मान में भी बहुत कमी रहती है। स्वभाव चिड़चिड़ा, अशांत रहता है। आर्थिक तंगी रहती है।

3. नैऋत्य कोण में यदि नीचा स्थान है, या किसी भी प्रकार का खड्डा है तो घर का मुखिया लगातार लंबे समय तक बीमार रहता है। रोग दूर करने के लिए बहुत खर्चा करना पड़ता है। अक्सर घर में कलह के कारण घर से दूर रहना पड़ता है। बहुत से लोग अपराध जगत में चले जाते हैं। जेल यात्रा करनी पड़ती है या भयंकर एक्सीडेंट भी संभव है।

4. यदि ब्रह्मस्थान पर नीचा है या किसी भी प्रकार का खड्डा है तो पूरा का पूरा परिवार अनेक प्रकार की परेशानियों से दुखी रहता है एवं संतान प्राप्ति में बाधा होती है। संतान जन्म के समय बहुत भारी संकटों का सामना करना पड़ता है। बड़ी आर्थिक परेशानियां सहन करनी पड़ती है।

5. पश्चिम दिशा में नीचा स्थान व खड्डा होने से घर में पुरुषों को बुरी आदतें लग जाती है। अपराध की प्रवृत्ति बढ़ती है। भयंकर दुर्घटना से बड़ा कष्ट सहना पड़ता है। धन का बेकार खर्च ज्यादा होता है।

6. वायव्य कोण में स्थित नीचा स्थान व खड्डा महिलाओं को लगातार किसी ना किसी परेशानी में डालता रहता है। परिवार पर कर्ज की समस्या लगी रहती है। आर्थिक तंगी ज्यादा होती है। मानसिक अशांति ज्यादा होती है और कोई खराब भी योग हो तो दिवालिया भी निकल जाता है। सरकार के द्वारा दंड प्राप्त करता है। पुरुष संतान को अनेक कष्ट सहने पड़ते है।

7. घर का नीचा स्थान व खड्डा एवं पानी इकट्ठा होने का स्थान सबसे अच्छा ईशान कोण है साथ ही साथ आपकी उतर दिशा की दीवार जितनी बड़ी है उसका आधा भाग कर ले बिल्कुल आधे पॉइंट से ईशान कोण की तरफ का स्थान व पूर्व दिशा की दीवार आपकी जितनी बड़ी है उसका आधा भाग करके आधे भाग की पॉइंट से ईशान कोण की तरफ भी नीचा स्थान वह खड़ा शुभ होता है। साथ ही साथ यदि संभव हो तो पूरे घर का पानी एक बार ईशान कोण की तरफ पहन कर जाना चाहिए। फिर बाहर किसी भी दिशा से चला जाए तो भी यह योग शुभ होता है। अतः अपने घर व कार्यालय पर नीचा स्थान व खड्डे की दिशा बिल्कुल उचित रखने का पहले अच्छी तरह विचार करना चाहिए ताकि वह आपके लिए सदा शुभ कार्य लाभकारी हो सुख शांति प्रदान हो एवं आर्थिक उन्नति देने में सहायक सिद्ध हो।

घर में क्यों नहीं रुकता है पैसा?

घर में इन गलतियों की वजह से होती है धन-हानि, नहीं रुकता है पैसा !

धन की आवश्यकता हर किसी को होती है। धन कमाने के लिए हर कोई कड़ी से कड़ी मेहनत करता है। लेकिन कई बार मेहनत करने के बाद भी धन की प्राप्ति नहीं होती है। वास्तुशास्त्र के अनुसार घर में कुछ गलतियों की वजह से भी धन की हानि होती है और घर का माहौल खराब होने लगता है। इन गलतियों की वजह से घर में नकारात्मकता का वास हो जाता है, जिस वजह से तरक्की में रुकावट आ जाती है। आइए जानते हैं घर में किन गलतियों की वजह से धन-हानि होती है।

1. **घर में बंद पड़ी घड़ी की वजह से** - वास्तुशास्त्र के अनुसार घर में बंद घड़ी की वजह से नकारात्मकता आती है। घर में बंद पड़ी घड़ी नहीं रखनी चाहिए। अगर आपके घर में भी बंद पड़ी घड़ी है तो उसे तुरंत ठीक करवा लें या घर से बाहर कर दें।

2. **घर में सूखे पौधे होने की वजह से** - वास्तुशास्त्र के अनुसार घर में सूखे पौधे नहीं रखने चाहिए। सूखे पौधों की वजह से घर का वातावरण खराब होता है। घर में पौधे रखें लेकिन उन्हें सूखने न दें। उनकी अच्छी तरह से देखभाल करें।

3. **घर में पानी की बर्बाद न होने दें** - कई घरों में अनावश्यक रूप से पानी की बर्बादी होती रहती है, जैसे - नल से लगातार पानी का टपकना, अगर आपके घर में भी ऐसा होता है तो वास्तुशास्त्र के अनुसार इसे अशुभ माना जाता है, नल को ठीक करवा लें। जिस घर में ऐसा होता है वहां धन-हानि होने की संभावना होती है।

4. **घर में साफसफाई का ध्यान रखें** - वास्तुशास्त्र के अनुसार घर में साफसफाई न रखने की वजह से भी धन-हानि होती है। घर में साफसफाई का विशेष ध्यान रखना चाहिए। धार्मिक मान्यताओं के अनुसार भी मां लक्ष्मी का वास उसी घर में होता है जहां साफसफाई का विशेष ध्यान रखा जाता है।

5. **जिस घर में पूजा नहीं होती है** - वास्तुशास्त्र के अनुसार जिस घर में पूजा-अर्चना नहीं होती है वहां पर नकारात्मकता का वास हो जाता है। घर में पूजा-अर्चना करनी चाहिए।

34

वास्तु के अनुसार कैसे कपडे पहने?

वास्तुशास्त्र और ज्योतिष के अनुसार वस्त्रों का चयन करने से जीवन में आप अपार सफलता प्राप्त कर सकते हैं। क्या आप भी इसी अनुसार कपड़े यानी अपनी ड्रेस पहनते हैं। यदि नहीं तो जानिए वास्तु एवं ज्योतिष के अनुसार किस तरह करें वस्त्रों का चयन और किस वार को पहनें किस रंग के कपड़े।

1. कैसा होना चाहिए ड्रेस?

1. प्रतिदिन साफ-सुथरे वस्त्र पहनने चाहिए। गंदे वस्त्र से शुक्र का बुरा प्रभाव होता है।
2. इससे शुक्र ग्रह का शुभ प्रभाव बना रहता है, वहीं दूसरे ग्रह भी शुभ असर देने लगते हैं।
3. आपकी ड्रेस या वस्त्र कटे फटे नहीं होना चाहिए। यह दरिद्रता निर्मित करते हैं।
4. ड्रेस का रंग भड़कीला या आंखों को चुभनेवाला नहीं होना चाहिए।
5. जीवन में जल्दी से सफलता चाहते हैं तो पीले और इसी रंग से जुड़े कपड़े पहनें।
6. धन समृद्धि में वृद्धि और शांति के लिए सफेद रंग के वस्त्र पहनें।
7. पीला रंग गुरु और सफेद रंग शुक्र का यह दोनों ही रंग वास्तुशास्त्र में बहुत ही शुभ माने गए हैं।

2. वार अनुसार भी पहन सकते हैं ड्रेस:-

1. **रविवार** - इस दिन गुलाबी, नारंगी, संतरा, लाल और सुनहरे रंग के वस्त्र पहनना चाहिए। इससे शत्रुओं का नाश होता है और आत्मविश्वास बढ़ता है।
2. **सोमवार** - इस दिन सफेद, क्रीम, सिल्वर और हल्के रंग के वस्त्र पहनने चाहिए। गुलाबी, हल्का नीला और हल्का पीला रंग भी पहन सकते हैं। इससे जीवन में मानसिक शांति, सुख और समृद्धि आती है।
3. **मंगलवार** - इस दिन लाल, भगवा, संतरा, संतरा-पीला, सिंदूरी-संतरा जैसे रंग के वस्त्र पहनना चाहिए। इससे जीवन में स्फूर्ति, उत्साह और साहस का संचार होता है।
4. **बुधवार** - इस दिन हरा रंग पहनना शुभ होता है। इससे जीवन में शांति, संपन्नता, बुद्धि और ज्ञान की प्राप्ति होती है।
5. **गुरुवार** - इस दिन पीले, नारंगी और संतरे रंग के वस्त्र पहनने से लाभ मिलता है। गुरु बलवान होता है और इससे जीवन में सुख, शांति और समृद्धि की प्राप्ति होती है। खास बात यह कि इससे भाग्य और आयु में वृद्धि होती है। संतान सुख प्राप्त होता है।
6. **शुक्रवार** - इस दिन सफेद, लाल, गुलाबी, रंग-बिरंगे या प्रिंटेड वस्त्र पहनना चाहिए। इससे धन, समृद्धि, ऐश्वर्य और खुशी की प्राप्ति होती है।
7. **शनिवार** - इस दिन गहरा काला, गहरा नीला, गहरा भूरा, गहरा हरा, जामुनी और बैंगनी रंग के वस्त्र पहनना चाहिए। इससे आत्मविश्वास और साहस बढ़ता है।

35

दरिद्रता से चाहिए जल्दी छुटकारा तो राशि अनुसारकरें यह खास उपाय

धन की तंगी से जूझते लोगों के लिए हमारे ज्योतिषी लाए हैं, अपने खजाने से अनमोल और कारगर उपाय। यह उपाय 12 राशियों के अनुसार बताए गए हैं। यह उपाय अगर अपने ईष्ट का स्मरण कर भक्ति भाव से पूजन और नियम से किए जाएं तो अवश्य ही घोर धन संकट का समाधान होता है। हमारे पुराणों में भी कर्म की आवश्यकता के बारे में बताया गया है। अत: धर्म के साथ कर्म अवश्य करें। सफलता जरूर मिलेगी।

1. **मेष राशि के लिए उपाय**

मेष- मेष राशिवाले जातकों को शाम के समय घर के मुख्य द्वार पर तेल का दीपक प्रज्ज्वलित करना चाहिए। अधिक फायदे के लिए उसमें दो काली मिर्च डाल दें। इस उपाय से जल्दी ही आर्थिक परेशानी दूर होती है। इसके अलावा अगर धनसंबंधी कोई मामला अटका है तो उसमें भी फायदा होता है।

1. **वृषभ राशि के लिए उपाय**

वृषभ - राशिवाले जातकों को आर्थिक फायदे के लिए पीपल के 5 पत्ते लेकर उन पर पीला चंदन लगाना चाहिए। इन पत्तों को किसी नदी या बहते हुए जल में बहाने से आर्थिक संकट शर्तिया दूर होता है। जमापूंजी में वृद्धि करने, बढ़ाने के लिए पीपल के पेड़ पर चंदन लगाए और जल चढ़ाएं।

3. **मिथुन राशि के लिए उपाय**

मिथुन - राशि वाले जातकों को व्यापार या घर में धन वृद्धि के लिए बरगद के पांच फल लाकर उसे लाल चंदन में रंग कर नए लाल वस्त्र में कुछ सिक्कों के साथ बांध कर अपने घर अथवा दुकान के अग्रभाग में लगाना चाहिए इससे कल्पनातीत धन की प्राप्ति होती है।

4. **कर्क राशि के लिए उपाय**

कर्क - राशि वाले जातकों को धन प्राप्ति के लिए संध्या के समय पीपल के वृक्ष के नीचे तेल का पंचमुखी दिया जलाना चाहिए। इसके बाद करबद्ध होकर माता लक्ष्मी से धन लाभ की प्रार्थना करें। अचानक धन की प्राप्ति होगी।

5. **सिंह राशि के लिए उपाय**

सिंह - राशिवाले जातक यदि आर्थिक नुकसान झेल रहे हैं और कुछ भी सही नहीं चल रहा है तो उनके लिए एक उपाय है कि वे कौड़ियों को हल्दी के घोल में भिगो कर उन्हें अपने पूजा घर में रखें, लेकिन इससे पूर्व लक्ष्मी जी के साथ उसकी पूजा करें।

6. कन्या राशिवालों के लिए उपाय

कन्या- राशिवाले जातकों के लिए बहुत ही सुंदर उपाय है। आर्थिक स्थिति सुधारने के लिए - दो कमलगट्टे लेकर उन्हें माता लक्ष्मी के मंदिर में अर्पित करते हुए धन प्राप्ति की कामना करें।

7. तुला राशि के जातकों के लिए उपाय

तुला-राशिवाले जातकों के लिए धन प्राप्ति हेतु सरल उपाय है। आपको शुक्र-पुष्य नक्षत्र का इंतजार करना होगा। इस शुभ नक्षत्र में लक्ष्मी मंदिर जाकर उन्हें पांच नारियल चढ़ाएं और सभी को नारियल का प्रसाद बांटे। हां एक नारियल को अपने पास रख लें। उसे आप बहते जल में बहा दें।

8. वृश्चिक राशि के जातकों के लिए उपाय

वृश्चिक-राशिवाले जातक का स्वामी ग्रह मंगल होता है। वे हमेशा अपने दिमाग में उलझे रहते हैं। यदि वे कर्ज की उलझन में फंसे हैं तो संध्या काल किसी भी लक्ष्मी मंदिर में जाएं और वहां का जल एक पात्र में भर कर ले आएं, बाद में उसे पेड़ की जड़ों में चढ़ा दें।

9. धनु राशि के जातकों के लिए उपाय

धनु - राशिवाले जातक यदि अपनी आर्थिक स्थिति मजबूत करना चाहते हैं तो गुलर के ग्यारह पत्तों को नाड़े से बांधकर किसी बरगद के वृक्ष पर बांध दें। आपकी मनोकामना पूरी होगी। इसके अलावा पीली कौड़ियां भी जेब में रख सकते हैं।

10. मकर राशि के जातकों के लिए उपाय

मकर- राशि के जातकों के लिए आर्थिक तंगी से निजात पाने के लिए बहुत ही उत्तम उपाय है। उसके लिए आप शाम को आक की रूई का दीपक या एक रोटी अपने ऊपर से 21 बार उतार (वार) कर किसी तिराहे पर रख सकते हैं। इससे घर में बरकत रहने लगेगी।

11. कुंभ राशि के जातकों के लिए उपाय

कुंभ- राशि के जातकों के लिए धन प्राप्त करने के बहुत ही सुंदर उपाय है। आप लक्ष्मी की संयुक्त रूप से प्रार्थना-पूजन करें। जहां पूजन करें वहीं रात भर जागरण करें। आपकी आर्थिक तंगी दूर होगी।

12. मीन राशि के जातकों के लिए उपाय

मीन- राशि के जातकों के लिए धन लाभ हेतु बहुत ही सरल उपाय है। आप काली हल्दी की पूजा कर उसे अपने गल्ले में रखें और प्रतिदिन उसकी पूजा करें। यदि व्यापार में लाभ नहीं हो रहा है तो यह समस्या दूर हो जाएगी।

36

चांदी की ईंट के ७ प्रयोग

चांदी की ईंट के ७ प्रयोग आजमाएं, सुख-समृद्धि और सफलता का आशीर्वाद पाएं !

चांदी बहुत ही शीतल, सुंदर और शुभ धातु है। इसके कई प्रयोग हमें विद्वान बताते हैं। आइए आज हम आपको चांदी की ईंट के फायदे बताते हैं।

1. सुख, शांति और समृद्धि के लिए घर की नींव में चांदी की ईंट लगवाएं।
2. रिश्तों में मधुरता के लिए घर में चांदी की ईंट रखें।
3. सुखी दाम्पत्य के लिए विवाह के समय चांदी की ईंट अपनी पत्नी को दें।
4. तिजोरी में चांदी की ईंट रखने से घर के धन में स्थिरता आती है।
5. सप्तम में राहु और लग्न में केतु हो तो-१-चांदी की ईंट बनवाकर घर के मंदिर में रखें।
6. एकादश भाव में शनि अशुभ फल दे रहा हो तो जातक को घर के इशान कोण में चांदी की ईंट रखनी चाहिए।
7. बच्चों के करियर में तरक्की के लिए चांदी की बहुत छोटी सी ईंट उसके पास या सिरहाने रखना चाहिए।

37

छत का वास्तु भी बिगाड़ सकता है आपकी किस्मत

आमतौर पर देखा जाता है कि लोग घर के अंदर की साफ-सफाई या घर के अंदर के वास्तु पर तो ध्यान देते हैं, लेकिन उनका ध्यान घर की छत पर से हट जाता है। कई लोग तो छत को कबाड़ रखने के लिए काम लाते हैं या इसकी सफाई पर ध्यान नहीं देते। ऐसा करना आपके घर में गंभीर वास्तु दोष उत्पन्न कर सकता है जिसके कारण आपको मानसिक,आर्थिक या शारीरिक समस्याओं का सामना करना पड़ सकता है।

छत कहां से हो खुली

यदि आपका एक मंजिल मकान है और आप छत पर भी कुछ निर्माण करवा रहे है तो ध्यान रहे निर्माण दक्षिण या दक्षिण-पश्चिम में करवाना लाभदायक सिद्ध होगा। छत के लिए खुली जगह हमेशा उत्तर-पूर्व, उत्तर या पूर्व की ओर छोड़नी चाहिए। छत दक्षिण और पश्चिम में नहीं होनी चाहिए।

पानी की टंकी लगाने की दिशा

वास्तु विज्ञान के अनुसार दक्षिण पश्चिम यानी नैऋत्य कोण अन्य दिशा से ऊंचा और भारी होना शुभ फलदायी होता है। छत पर पानी का टैंक इस दिशा में लगाने से अन्य भागों की अपेक्षा यह भाग ऊंचा और भारी हो जाता है। घर की समृद्धि के लिए दक्षिण-पश्चिम दिशा में पानी का टैंक लगाना चाहिए। इस दिशा में टंकी रखते समय यह भी ध्यान रखें कि इस दिशा की दीवार टैंक से कुछ ऊंची अवश्य हो इससे आमदनी बढ़ती है एवं परिवार में आपसी संबंध मजबूत होते हैं। अगर इस दिशा में टंकी लगाना संभव नहीं हो तो दक्षिण या पश्चिम दिशा में विकल्प के तौर पर पानी की टंकी रखी जा सकती है।

छत की साफ-सफाई है जरूरी

छत की सफाई को लेकर लोग इसलिए लापरवाह हो जाते हैं कि कौन देखता है पर ऐसा करना वास्तुदोष को उत्पन्न करता है। घर की छत पर किसी भी प्रकार की गंदगी न रखें। यहां किसी भी प्रकार के बांस या लोहे का जंग लगा हुआ सामान या टूटी कुर्सियां इत्यादि फालतू सामान कभी न रखें। जिन लोगों के घरों की छत पर अनुपयोगी सामान रखा होता है, वहां नकारात्मक शक्तियां अधिक सक्रिय रहती हैं, उस घर में रहने वाले लोगों के विचार नकारात्मक होते हैं एवं परिवार में भी मनमुटाव की स्थितियां बन सकती हैं।

किस तरफ हो पानी का ढलान

अधिकतर जगहों पर सपाट छतोंवाले मकान होते हैं, छत पर पानी के लिए ढलान वास्तु अनुसार रखना चाहिए। हमेशा पानी का ढलान दक्षिण-पश्चिम से उत्तर-पूर्व की तरफ होना चाहिए, इसके विपरीत होने से उत्पन्न वास्तु दोष से परेशानियां पैदा हो सकती हैं।

कैसे हो पेड़-पौधे

घर की छत पर उत्तर-पूर्व एवं पूर्व दिशा में छोटे पौधे जैसे तुलसी, गेंदा, लिली, हरीदूब, पुदीना, हल्दी आदि लगाने चाहिए। उत्तर दिशा में नीले रंग के फूल देने वाले पौधे जीवन में समृद्धि लाने में सहायक सिद्ध होंगे। भारी गमलों में ऊँचे पेड़ों को सदैव छत पर दक्षिण या

पश्चिम दिशा में लगाना उचित माना गया है। पश्चिम दिशा में सफ़ेद रंग के फूलों के पौधे जैसे चांदनी, मोगरा, चमेली आदि को लगाने से लाभ एवं प्राप्तियों के अवसर बढ़ जाते हैं,बच्चों में रचनात्मक शक्ति का विकास होता है। कांटेदार एवं बोनसाई पौधों को वास्तु के अनुसार व्यक्ति के विकास में अवरोध माना गया हैं अतः इन्हें लगाने से बचना चाहिए। हाँ, गुलाब के पौधों को छत पर लगाया जा सकता है।

38

मोरपंख का महत्त्व

1. ज्योतिष में मोरपंख को सभी नौ ग्रहों का प्रतिनिधि माना गया है। विशेष तौर पर मोरपंख के कुछ ऐसे उपाय बताए गए हैं जिन्हें किसी शुभ मुहूर्त में करने से सभी समस्याओं से तुरंत छुटकारा मिल जाता है।

2. श्रृंगार मोर पंख के बिना अधूरा ही लगता है। मुकुट में मोर पंख भी विशेष रूप से धारण करते हैं।

3. मोर पंख का संबंध शास्त्रों के अनुसार मोर के पंखों में सभी देवी-देवताओं और सभी नौ ग्रहों का वास होता है।

4. पक्षीशास्त्र में मोर और गरुड़ के पंखों का विशेष महत्व बताया गया है।

5. आइये जानते हैं, मोरपंख आपके जीवन को किस तरह सुख-समृद्धि से भर देता है ।

6. मोर का शत्रु सर्प है। अत: ज्योतिष में जिन लोगों को राहू की स्थिति शुभ नहीं हो उन्हें मोर पंख सदैव अपने साथ रखना चाहिए।

7. आयुर्वेद में मोरपंख से तपेदिक, दमा, लकवा, नजला और बांझपन जैसे दुसाध्य रोगों में सफलतापूर्वक चिकित्सा बताई गई है।

8. जीवन में मोरपंख से कई तरह के संकट दूर किये जा सकते हैं। अचानक कष्ट या विपत्ति आनेपर घर अथवा शयनकक्ष के अग्नि कोण में मोरपंख लगाना चाहिए। थोड़े ही समय में सकारात्मक असर होगा।

9. धन-वैभव में वृद्धि की कामना से निवेदनपूर्वक नित्य पूजित मन्दिर में नेमिनाथ भगवान और पार्श्वनाथ भगवान में मोरपंख की स्थापना करके / करवाकर 40 वें दिन उस मोरपंख को लाकर अपनी तिजोरी या लॉकर में रख दें। धन-संपत्ति में वृद्धि होना प्रारम्भ हो जायेगी। सभी प्रकार के रुके हुए कार्य भी इस प्रयोग से बन जाते हैं।

10. जिन लोगों की कुण्डली में राहू-केतु कालसर्प योग का निर्माण कर रहे हों उन्हें अपने तकिये के खोल में 7 मोर पंख सोमवार की रात्रि में डालकर उस तकिये का उपयोग करना चाहिए। साथ ही शयनकक्ष की पश्चिम दिशा की दीवार पर मोर पंखों का पंखा जिसमें कम से कम 11 मोर पंख लगे हों लगा देना चाहिए।

11. इससे कुण्डली में अच्छे ग्रह अपना शुभ प्रभाव देने लगेंगे और राहू-केतु का अशुभत्व कम हो जायेगा।

12. अगर बच्चा जिद्दी होता जा रहा हो तो उसे नित्य मोरपंखों से बने पंखे से हवा करनी चाहिए या अपने सीलिंग फैन पर ही मोर पंख पंखुड़ियों पर चिपका देना चाहिए।

13. नवजात शिशु के सिरहाने चांदी के तावीज में एक मोरपंख भरकर रखने शिशु को डर नहीं लगेगा नजर इत्यादि का डर भी नहीं रहेगा।

14. प्रात:काल उठकर बिना नहाये-धोये बहते पानी में बहा देने से शत्रु-शत्रुता छोड़कर मित्रवत् व्यवहार करने लगता है। इस तरह मोरपंख से हम अपने जीवन के अमंगलों को हटाकर मंगलमय स्थिति को ला सकते हैं।

39

लक्ष्मी बंधन मुक्ति के उपाय

आज की भागदौड़ भरी जिंदगी में धन ही जीवन का आधार बन गया है। इस कारण बिना धन के कोई भी कार्य ठीक से सम्पन्न नही क्या जा सकता। पहले के युग मे व्यक्ति की आवश्यकताए कम थी, भौतिक सुखो के प्रति आकर्षण कम था, इसलिये इसलिये कम धन में भी सुखी और चिंतामुक्त जीवन व्यतीत कर सकते थे। जैसे-जैसे समय बढ़ता गया वैसे ही इंसान भौतिक सुखों का प्रति अधिक आकर्षित होता गया। पहले किसी व्यक्ति को आवश्यकता अनुसार पूर्ति होने पर प्रसन्न रहता था एक सामान्य झौपड़ी में भी प्रसन्न रह लेता था। लेकिन आज एक सामान्य व्यक्ति को भी तीन से चार कमरों की आवश्यता होती है मिलने पर भी वह भव्य मकान की आशा करता है। एक वाहन से भी आवश्यकता पूर्ति हो सकती है फिर भी अधिक लेने का प्रयास करता है। यही कारण है कि आज सभी अपनी आवश्यकता और सामर्थ्य से अधिक धन प्राप्ति का प्रयास कर रहे है। इनमे से कुछ लोगो की इच्छा पूर्ति परिश्रम से हो जाती है लेकिन कुछ लोग परिश्रम व प्रयास तो बहुत करते है फिर भी मनोकामना पूर्ति नही हो पाती। ऐसे लोग किसी न किसी आर्थिक समस्या से परेशान रहते है लेकिन इन्हें पता नही लग पाता आखिर समस्या का कारण क्या है।

ऐसी स्थित में यह विचारणीय हो जाता है कि कुछ लोगो को प्रयास एवं पर्याप्त परिश्रम के बाद भी धन संबंधित समस्या क्यो बन रही है? इस विषय मे हमारे विचार के अनुसार दो कारण होते है। एक पूर्वजन्म के कर्म और दूसरा कारण लक्ष्मी बंधन। पहले कारण का ज्ञान इस जन्म में नही हो सकता लेकिन दूसरा कारण अधिकांशतः किसी व्यक्ति द्वारा ईर्ष्या अथवा टोक में कही कोई बात अथवा श्राप बंधन का कारण बन जाती है। जब तक यह बंधन रहता है तब तक आर्थिक समस्या बनी रहती है।

लक्ष्मी बंधन एक ऐसी समस्या हैं कि इसके होने का पता नही चलता यह किसी को पत्थर फेंक कर मारने जैसा काम नही है। जिसके कारण से बंधन होता है उस व्यक्ति को भी इस बात का पता नही चलता कि उसके कहे शब्दो से किसी की इतनी हानि हो सकती है। एक अच्छी बात यह है कि कुछ आसान उपायो से इस बंधन से मुक्ति पाई जा सकती है। आज हम इनमे से कुछ विशेष उपायो को आपके साथ सांझा कर रहे है आशा है कि आप इनसे अवश्य लाभान्वित होंगे।

40

शुक्रवार है मालामाल करनेवाला वार

शुक्रवारके संबंध में 10 रोचक बातें, ये है मालामाल करनेवाला वार !

जैन पंचांग के अनुसार किसी भी कार्य को प्रारंभ करने के लिए तिथि, वार, नक्षत्र, योग और करण को देखना जरूरी है। इसी से शुभ लग्न और मुहूर्त पता चलता है। वार, तिथि, माह, लग्न और मुहूर्त का एक संपूर्ण विज्ञान है। जो लोग इस जैन विज्ञान अनुसार अपनी जीवनशैली ढाल लेते हैं वे सभी संकटों से बचे रहते हैं, तो आइये जानते हैं कि शुक्रवार का क्या महत्व है और क्या है इसके संबंध में 10 रोचक बातें।

1. शुक्रवार का ग्रह है शुक्र ग्रह। गुरु के बाद सौरमंडल में शुक्र का नंबर आता है। आकाश में शुक्र ग्रह को आसानी से देखा जा सकता है। इसे संध्या और भोर का तारा भी कहते हैं। आकाश में सबसे तेज चमकदार तारा शुक्र ही है।

2. ज्योतिष के अनुसार शुक्र हमारे जीवन में स्त्री, वाहन और धन सुख को प्रभावित करता है। यह एक स्त्री ग्रह है। कहते हैं कि इसके शुभ प्रभाव के कारण जातक ऐश्वर्य को प्राप्त करता है।

3. शुक्रवार की प्रकृति मृदु है। यह दिन एक और जहां लक्ष्मी का दिन है वहीं दूसरी ओर काली का भी। यह दैत्यों के गुरु शुक्राचार्य का दिन भी है। इस दिन माता लक्ष्मी और महाकाली माता की पूजा करना चाहिए।

4. शीघ्रपतन, प्रमेह रोग के रोगियों को शुक्रवार के दिन उपवास रखना चाहिए, क्योंकि यह दिन ओज, तेजस्विता, शौर्य, सौन्दर्यवर्धक और शुक्रवर्धक होता है। शुक्रवार का व्रत रखने से शुक्र ग्रह बलवान बनता है और धन एवं ऐश्वर्य के रास्ते खुल जाते हैं।

5. शुक्रवार के दिन लाल चंदन लगाएं। पूर्व, उत्तर और ईशान में यात्रा कर सकते हैं। नृत्य, कला, गायन, संगीत आदि रचनात्मक कार्य की शुरुआत की जा सकती है। आभूषण, श्रृंगार, सुगंधित पदार्थ, वस्त्र, वाहन, चांदी आदि के क्रय-विक्रय के लिए उचित दिन। सुखोपभोग के लिए भी यह दिन शुभ होता है।

6. इस दिन खट्टा न खाएं तो आपके साथ अच्छा ही होगा। किसी भी प्रकार से शरीर पर गंदगी न रखें अन्यथा आकस्मिक घटना-दुर्घटना हो सकती है। पिशाची या निशाचरों के कर्म से दूर रहें। नैऋत्य, पश्चिम और दक्षिण में यात्रा न करें।

7. घर की दक्षिण-पूर्व दिशा के दूषित होने से भी शुक्र ग्रह खराब फल देने लगता है। किसी भी कारण से दांत खराब करने से शुक्र अपना अच्छा प्रभाव देना छोड़ देता है। अनैतिक या पराई स्त्री से यौन संबंध बनाने से भी शुक्र बुरे प्रभाव शुरु कर देता है। कुंडली में शुक्र के साथ राहु का होना अर्थात स्त्री तथा दौलत का असर खत्म। यदि शनि मंदा अर्थात नीच का हो तब भी शुक्र का बुरा असर होता है। पत्नी या पति से अनावश्यक कलह होना शुक्र के खराब होने की निशानी है। शारीरिक रूप से गंदे बने रहना, गंदे-फटे कपड़े पहनने से भी शुक्र मंदा हो जाता है। घर की साफसफाई को महत्व न देने से भी शुक्र खराब हो जाता है। घर का बेडरूम और किचन खराब होने से भी शुक्र खराब हो जाता है। घर में काले, कत्थई रंगों की अधिकता से भी शुक्र मंदा फल देने लगता है। गृह कलह से भी शुक्र अपना फल मंदा देने लगता और धन-दौलत नष्ट हो जाती है। शनि के मंदे कार्य करने से भी शुक्र अपना अच्छा प्रभाव छोड़कर बर्बाद कर देता है।

8. शुक्र यदि शुभ हो तो गृहस्थ जीवन का सुख मिलता है। यदि शुक्र को बलवान बना लिया तो शरीर पुष्ट और सुंदर हो जाएगा। स्त्री सुख सहज ही मिलने लगेगा। आत्मविश्वास बढ़ जाएगा। भूमि, धन, मकान और वाहन में बढ़ोतरी होगी। शुक्र का बल हो तो ऐसा व्यक्ति ऐशो-आराम में अपना जीवन बिताता है। फिल्म, काव्य, स्त्री और साहित्य में रुचि बढ़ जाती है।

9. कुंडली में शुक्र के दोषपूर्ण या खराब होने की स्थिति में लक्ष्मी की उपासना करें। शुक्रवार का तप रखें। खटाई न खाएं। स्त्री का सम्मान करें, पत्नी को खुश रखें। पराई स्त्री से संबंध न रखें। गृह कलह छोड़कर परिवार के सदस्यों के साथ प्यार से रहें। घर को वास्तु अनुसार ठीक रखें। सफेद वस्त्र दान करें। भोजन का कुछ हिस्सा गाय, कौवे और कुत्ते को दें। दो मोती लेकर एक पानी में बहा दें और एक जिंदगीभर

अपने पास रखें। स्वयं को और घर को साफ-सुथरा रखें और हमेशा साफ कपड़े पहनें। नित्य नहाएं। शरीर को जरा भी गंदा न रखें। सुगंधित इत्र या सेंट का उपयोग करें। पवित्र बने रहें।

10. शुक्रवार को माता लक्ष्मी के मंदिर में कमल का फूल अर्पित करना चाहिए या माता महाकालिका के मंदिर जाकर उन्हें काली चुनरी चढ़ाना चाहिए। इससे सभी तरह के संकट दूर हो जाते हैं।

41
रसोईघर के नियम

अपने रसोईघर में रखें इन बातों का ध्यान, मां अन्नपूर्णा का मिलेगा आशीर्वाद !

वास्तुशास्त्र के अनुसार, रसोईघर को महत्वपूर्ण स्थान माना जाता है। धार्मिक मान्यताओं के अनुसार, रसोईघर में मां अन्नपूर्णा का वास माना गया है, जो मुख्य रूप से अन्न की देवी हैं। यदि मां अन्नपूर्णा आपसे प्रसन्न हैं, तो इससे आपको कभी अन्न की कमी का सामना नहीं करना पड़ता। ऐसे में आइए जानते हैं देवी अन्नपूर्णा को प्रसन्न करने के उपाय।

1) जरूर करें ये काम

धार्मिक मान्यताओं के अनुसार, रसोई में खाना बनाने से पहले स्नान आदि करने के बाद रसोई की पूजा करनी चाहिए। इससे अन्नपूर्णा माता आपसे प्रसन्न होती हैं। इसके साथ ही अपनी रसोई में देवी अन्नपूर्णा की तस्वीर भी जरूर लगानी चाहिए। ऐसा करने से आपको कभी धन-धान्य की कमी का सामना नहीं करना पड़ेगा।

2) न करें ये गलतियां

अन्नपूर्णा माता की कृपा प्राप्ति के लिए हमेशा रसोई घर में स्नान करने के बाद ही प्रवेश करें। इसके साथ ही यदि आप रात में रसोई घर में जूठे बर्तन छोड़ देते हैं, तो इससे अन्नपूर्णा माता के साथ-साथ मां लक्ष्मी भी आपसे रुष्ट हो सकती हैं। जिससे व्यक्ति को जीवन में कई तरह की समस्याओं का सामना करना पड़ता है। ऐसे में इस बात का विशेष रूप से ध्यान रखें कि रात के समय रसोई में कभी भी जूठा बर्तन छोड़कर नहीं सोना चाहिए।

3) रसोई के वास्तु नियम

वास्तुशास्त्र में माना गया है कि रसोई घर में पानी और आग को कभी भी पास-पास नहीं रखना चाहिए। इसके साथ ही रसोई में गैस दक्षिण-पूर्व दिशा में रखना बेहतर माना गया है। इस बात का ध्यान रखें कि भोजन करते समय आपका मुख उत्तर-पूर्व दिशा की ओर होना चाहिए।

42

घर की दहलीज के लिये कुछ टिप्स

1. घर की दहलीज पर या उसके अंदर व बाहर गंदगी हो, तो तत्काल साफसफाई कर दें।
2. घर की दहलीज पर नहीं बैठें।
3. घर की दहलीज पर पैर न रखें।
4. मासिक धर्म के दौरान महिलायें घर की दहलीज पर कतई न बैठें।
5. घर के सामनेवाली सड़क घर की दहलीज से ऊंची नहीं होनी चाहिये।
6. जितने भी मॉडर्न हो गए हैं, लेकिन कहीं न कहीं वह आज भी धर्म की अपनाते हैं, और इसमें बताई गई बातों को अपने जीवन में उतारते हैं। आज हम आपको धर्म में बताई गई एक ऐसी ही बात से जुड़ी जानकारी देने जा रहे हैं जिसका धर्म के ग्रंथों के साथ-साथ वास्तुशास्त्र में भी किया गया है। दरअसल हम बात करने जा रहे हैं धर्म में बताई गई दहलीज से जुड़ी खास जानकारी के बारे में। तो आइए जानते हैं इससे संबंधित खास बातें।

- सबसे पहले आपको बता दें कि आखिर दहलीज होती क्या है क्योंकि बहुत से लोग ऐसे हैं जिन्हें दहलीज का सही अर्थ नहीं पता। धर्म व वास्तु के अनुसार दरवाजे के नीचेवाली लकड़ी या चौखट दहलीज कहलाती है, जिसे कुछ लोग देहरी व देहली भी कह लेते हैं। अक्सर ये घर के बाहर मुख्य द्वार पर दहलीज बनाई जाती है। वास्तुशास्त्र की बात करें तो घर की चौखट को देवी लक्ष्मी से जोड़ कर देखा जाता है। अतः ऐसी मान्यता है कि जिस घर में चौखट नहीं होती है, उस घर में देवी लक्ष्मी कभी प्रवेश नहीं करती हैं। इतना ही नहीं, वास्तुशास्त्र में ऐसा भी कहा गया है कि जिस घर में चौखट होती है उस घर में नकारात्मक ऊर्जा का प्रवेश भी आसानी से नहीं हो पाता है। चौखट होने से घर-परिवार में शांति भी बनी रहती है। यही नहीं दहलीज घर में बरकत को भी रोकने में अपना अहम योगदान देती है। लेकिन कई घर ऐसे भी बनाए जाते हैं जिसमें दहलीज नहीं होती। इसलिए आज हम आपको बताने जा रहे हैं दहलीज के कुछ उपाय और कुछ गलतियां जिसे जाने अनजाने में दहलीज पर कर देते हैं। साथ ही ये भी बताएंगे जिनके घर में दहलीज नहीं होती वो इसका फायदा कैसे उठा सकते हैं। तो चलिए जानते हैं।
- जब भी आप दहलीज पार करें इस पर पैर न रखें बल्कि इसे प्रणाम कर आगे बढ़ें। इससे आपके घर में मां लक्ष्मी स्थिरता रहती है। ये ही नहीं कोई भी व्रत या त्योहार हो दहलीज की पूजा भी ज़रूर करें। क्योंकि ये ही वो स्थान है यहां से हमारे घर में सकारात्मक व नकारात्मक ऊर्जा का प्रवेश होता है।
- मान्यताओं की मानें तो घर की दहलीज पर बैठना, उस पर पैर रख खड़े रहना या उसके ऊपर या सामने बैठकर भोजन करना अशुभ होता है। ऐसा करने से देवता नाराज हो जाते हैं। ये चीज घर में दरिद्रता को न्योता देती है। फिर घर में धन खर्च बढ़ जाता है। आय भी कम हो जाती है। परिवार के सदस्य बीमार पड़ने लगते हैं। और भी कई मुसीबतें आती हैं।
- घर की दहलीज पर बैठकर या इसके सामने खड़े होकर कभी भी नाखून नहीं काटना चाहिए। मान्यता है कि ऐसा करने से घर में दरिद्रता आती है। वहीं दहलीज के सामने बैठकर भोजन करने की भूल तो कभी नहीं करना चाहिए। इससे कई वास्तु दोष उत्पन्न हो जाते हैं। घर पर दुखों का पहाड़ टूट पड़ता है।
- अक्सर देखा जाता है कई लोग घर की चौखट के बाहर अपने जूते चप्पल उतारते हैं जो कि गलत है। चूंकि मां लक्ष्मी का वास होता है, इससे मां लक्ष्मी का अपमान होता है और घर में गरिबी दस्तक देने लगती है। आगे आपको बता दें जिन लोगों को घर में दहलीज नहीं होती उन्हें हल्दी से दहलीज बनाकर इसकी पूजा करनी चाहिए। इससे भी शुभ फल मिलते हैं।
- आधुनिक घर-परिवार में दहलीज धीरे-धीरे लुप्त होती जा रही है। एक दहलीज वास्तु की सीमा को परिभाषित करती है और प्रतीकात्मक रूप से याद दिलाती है कि व्यक्ति को संयम बरतना चाहिए और अनुशासन का पालन करना चाहिए। पिछले कुछ समय से अनुशासन

और मानवीय मूल्यों के गुणों में सामान्य गिरावट आई है। विडंबना यह है कि समाज की वर्तमान स्थिति यह बताती है कि हम दहलीज की सीमाएं भूल चुके हैं।

- एक दहलीज वास्तु की सीमा को परिभाषित करती है और दरवाजे और फर्श के बीच की जगह से कीड़ों को घर में प्रवेश करने से रोकती है।
- घर के भीतर चुंबकीय ऊर्जा को बनाए रखने की सुविधा के लिए एक दहलीज लकड़ी से बनी होनी चाहिए।
- यह अवांछित ऊर्जा या शक्तियों को घर में प्रवेश करने से रोकता है।
- वास्तुशास्त्र में वर्गाकार और आयताकार आकृति का बहुत महत्व है। दहलीज में दरवाजे के फ्रेम के चौथे पक्ष को पूरा करने और इसे आयताकार बनाने का प्रभाव होता है। दहलीज संगमरमर, ग्रेनाइट या प्लास्टिक की पट्टियों से नहीं बनी होनी चाहिए।
- दहलीज घर की रक्षा करती है। वास्तु में दहलीज का बडा महत्व है।

43

बीमार व्यक्ति को ठीक करने के उपाय

यदि घर में कोई बहुत बीमार हो, तो मोती शंख में जल भरकर पूजा घर में रखें और दवाई का सेवन मोती शंख के जल से करवाएं। बीमार के स्वास्थ्य में सुधार आने लगेगा और वह शीघ्र ही पूरी तरह ठीक हो जाएगा। मोती शंख दुर्लभ व अत्यंत खूबसूरत शंखों में से एक है।

44

थाली में क्यों नहीं रखते हैं 3 रोटियां?

धर्म के साथ ही ज्योतिष और वास्तुशास्त्र की मान्यता के अनुसार भोजन करने के कुछ नियम है। उन नियमों को हम फॉलो नहीं करते हैं तो परेशानी में पड़ते हैं। कई नियमों में एक नियम यह भी है कि भोजन की थाली भोजन परोसते वक्त एक साथ 3 रोटियां नहीं रखते हैं। कहते हैं कि तीन तिगाड़ा, काम बिगाड़ा। और भी कई बातें हैं। आओ जानते हैं विस्तार से इस संबंध में।

1. तीन एक विषम संख्या –

थाली में कभी भी तीन रोटी, पराठे या पूड़ी नहीं परोसी जाती है। इसके पीछे पहली मान्यता यह है कि तीन एक विषम संख्या है जो अच्छी नहीं मानी जाती।

2. तीन तिगाड़ा, काम बिगाड़ा –

दूसरी मान्यता यह है कि एक कहावत है- तीन तिगाड़ा, काम बिगाड़ा। इसीलिए भी तीन रोटी नहीं परोसी जाती है। जहां पर भी तीन होते हैं वहां पर त्रिकोणी संघर्ष की बात भी कही गई है।

3. मृतक को लगाते हैं तीन कोल -

तीसरी मान्यता यह है कि यदि किसी मृतक को भोग लगा रहे हैं तो उसकी थाली में तीन कोल या तीन या पांच रोटी रखी जाती है। थाली में 3 रोटी तब रखी जाती है जब किसी व्यक्ति की मृत्यु हो जाती है और उसके त्रयोदशी संस्कार से पहले उसके नाम की थाली लगाई जाती है, उस दौरान 3 रोटियां रखी जाती हैं। इसमें पहली कोई अग्नि और देव के लिए दूसरा अर्यमा और पितरों के लिए और तीसरा गाय, कुत्ते और कौवे के लिए। इसीलिए भी थाली में नहीं रखते हैं।

4. तीन ग्रास –

प्राचीनकाल से ही प्रचलित है कि जब भी भोजन करने बैठें तो पहला ग्रास गाय के लिए, दूसरा कुत्ते के लिए और तीसरा कौवे के लिए निकालकर अलग रखने के बाद ही भोजन करना चाहिए, क्योंकि भोजन पर अग्नि के बाद इन्हीं का सबसे पहले हक होता है।

5. शरीर चाहता मात्र दो रोटी –

यह भी कहा जाता है कि शरीर को मात्र दो रोटी की ही आवश्यकता होती है। इससे वजन कंट्रोल में रहता है। इसीलिए एक कटोरी दाल, 50 ग्राम चावल, 2 रोटी और एक कटोरी सब्जी पर्याप्त भोजन माना जाता है।

6. अंधविश्वास या मान्यता –

इसके अलावा ये भी कहा जाता है कि यदि कोई व्यक्ति थाली में एक साथ 3 रोटी रखकर खाता है तो उसके मन में दूसरों के प्रति शत्रुता का भाव उत्पन्न हो जाता है। कई लोगों का मानना है कि यह एक मान्यता भर है जो कि अंधविश्वास से जुड़ा मामला है।

45

गुरुवार को घर में क्यों नहीं लगाएँ पोंछा?

किसी भी जन्मकुंडली में दूसरा और ग्यारहवां भाव धन के स्थान का होता हैं। गुरु ग्रह इन दोनों ही स्थानों का कारक ग्रह होता है। गुरुवार को गुरु ग्रह को कमजोर किए जानेवाले काम करने से धन की वृद्धि रुक जाती है। धन लाभ की जो भी स्थितियां बन रही हों। उन सभी में रुकावट आने लगती है। सिर धोना, भारी कपड़े धोना, बाल कटवाना तथा शेविंग करवाना, शरीर के बालों को साफ करना, फेशियल करना, नाखून काटना, घर से मकड़ी के जाले साफ करना, घर के उन कोनों की सफाई करना जिन कोनों की रोज सफाई नहीं की जा सकती हो या पोंछा लगाना ये सभी काम गुरुवार को करना धन हानि का संकेत हैं। तरक्की को कम करने का संकेत हैं।गुरुवार धर्म का दिन होता है तथा ब्रह्मांड में स्थित नौ ग्रहों में से गुरु वजन में सबसे भारी ग्रह है। यही कारण है कि इस दिन हर वो काम जिससे कि शरीर या घर में हल्कापन आता हो। ऐसे कामों को करने से मना किया जाता है क्योंकि ऐसा करने से गुरु ग्रह हल्का होता है। यानी कि गुरु के प्रभाव में आने वाले कारक तत्वों का प्रभाव हल्का हो जाता है। गुरु धर्म व शिक्षा का कारक ग्रह है। गुरु ग्रह को कमजोर करने से शिक्षा में असफलता मिलती है। साथ ही धार्मिक कार्यों में झुकाव कम होता चला जाता है। शास्त्रों में गुरुवार को महिलाओं को बाल धोने से इसलिए मनाही की गई है। क्योंकि महिलाओं की जन्मकुंडली में बृहस्पति पति का कारक होता है। साथ ही बृहस्पति ही संतान का कारक होता है। इस प्रकार अकेला बृहस्पति ग्रह संतान और पति दोनों के जीवन को बहुत प्रभावित करता है।

बृहस्पतिवार को सिर धोना बृहस्पति को कमजोर बनाता है जिससे कि बृहस्पति के शुभ प्रभाव में कमी होती है। इसी कारण से इस दिन बाल भी नहीं कटवाना चाहिए जिसका असर संतान और पति के जीवन पर पड़ता है। उनकी उन्नति बाधित होती है।जिस प्रकार से बृहस्पति का प्रभाव शरीर पर रहता है। उसी प्रकार से घर पर भी बृहस्पति का प्रभाव उतना ही अधिक गहरा होता है। वास्तु अनुसार घर में ईशान कोण का स्वामी गुरु होता है। ईशान कोण का संबंध परिवार के नन्हे सदस्यों यानी कि बच्चों से होता है। साथ ही घर के पुत्र संतान का संबंध भी इसी कोण से होता है। ईशान कोण धर्म और शिक्षा की दिशा है। घर में अधिक वजन वाले कपड़ों को धोना, पुराना कबाड़ घर से बाहर निकालना, घर को धोना या पोछा लगाना। घर के ईशान कोण को कमजोर करता है। उससे घर के बच्चों, पुत्रों, घर के सदस्यों की शिक्षा, धर्म आदि पर शुभ प्रभाव में कमी आती है।

जन्मकुंडली में गुरु ग्रह के प्रबल होने से उन्नति के रास्ते आसानी से खुलते हैं। यदि गुरु ग्रह को कमजोर करने वाले कार्य किए जाए तो प्रमोशन होने में रुकावटें आती है। गुरुवार को नहीं करना चाहिए नेल कटिंग और शेविंग भी। शास्त्रों में गुरु ग्रह को जीव कहा गया है। जीव मतलब जीवन। जीवन मतलब आयु। गुरुवार को नेल कटिंग और शेविंग करना आदि गुरु ग्रह को कमजोर करता है और जिससे जीवन शक्ति काफी दुष्प्रभावित होती है। उम्र में से भी दिन कम करती है।

46

इन चीज़ो का दान कभी मत करें

इनचीज़ो के दान करने से आती है कंगाली

आप यह जानते हैं कि जन्म कुण्डली के विभिन्न ग्रहों को शांत करने के लिए भिन्न-भिन्न प्रकार के दान कर्म किए जाते हैं। जैसा हमें ज्योतिषी बताते हैं हम उसी अनुसार वस्तुओं का दान करते हैं। लेकिन क्या कभी किसी ज्योतिषी ने आपको बताया है कि किस समय कैसा दान नहीं करना चाहिए? जन्म कुण्डली में कुछ ग्रहों को मजबूत एवं दुष्ट ग्रहों को शांत करने के लिए तो हम दान-पुण्य करते ही हैं, लेकिन ग्रहों की कैसी स्थिति में हमें कैसा दान नहीं करना चाहिए, यह भी जानने योग्य बात है। क्योंकि ग्रहों की स्थिति के विपरीत यदि दान कर्म किया जाए, तो वह और भी बुरा असर देता है। ऐसे में हमारे द्वारा किया गया दान हमें अच्छा फल देने की बजाय, बुरा फल देना आरंभ कर देता है और हमें इस बात की जानकारी भी नहीं होती।

• 61 •

47

जोड़ो के दर्द पर आसान उपाय

जोड़ोके दर्द की समस्या के ज्योतिषीय कारण एवं उपाय

1. यदि शनि कुंडली में छटे या आठवे भाव में हो तो ऐसे में व्यक्ति को घुटनो, कमर आदि के जोड़ो के दर्द की समस्याएं होती हैं।
2. शनि यदि नीच राशि (मेष) में हो तो व्यक्ति जोड़ो के दर्द से समस्याग्रस्त रहता है।
3. शनि का केतु और मंगल के योग से पीड़ित होना भी जॉइंट्स पेन की समस्या देता है।
4. शनि यदि सूर्य से पूर्ण अस्त हो तो भी जोड़ो के दर्द की समस्या रहती है।
5. शनि का अष्टमेश या षष्टेश के साथ होना भी जोड़ो में दर्द की समस्या देता है।
6. यदि कुंडली के दशम भाव में कोई पाप योग बन रहा हो या दशम भाव में कोई पाप ग्रह नीच राशि में हो तो भी घुटनो के दर्द की समस्या रहती है।
7. छटे भाव में पाप योग बनना कमर दर्द की समस्या देता है।
8. ज्योतिषशास्त्र में शनिदेव को हड्डियों के जोड़ या जॉइंट्स का कारक माना गया है। हमारे शरीर में हड्डियों का नियंत्रक ग्रह तो सूर्य है पर हड्डियों के जोड़ों की स्थिति को शनि नियंत्रित करते है। अतः हमारे शरीर में हड्डियों के जोड़ या जॉइंट्स की मजबूत या कमजोर स्थिति हमारी कुंडली में स्थित शनि के बल पर निर्भर करती है। कुंडली में शनि पीड़ित स्थिति में होने पर व्यक्ति अक्सर जॉइंट्स पेन या जोड़ो के दर्द से परेशान रहता है और कुंडली में शनि पीड़ित होने पर ही घुटनो के दर्द, कमर दर्द, गर्दन के दर्द, रीढ़ की हड्डी की समस्या, कोहनी और कंधो के जॉइंट्स में दर्द के जैसी समस्याएं उत्पन्न होती हैं। इसके अतिरिक्त कुंडली का दसवा भाव घुटनो का प्रतिनिधित्व करता है। छटा भाव कमर का प्रतिनिधित्व करता है। तीसरा भाव कन्धों का प्रतिनिधित्व करता है और सूर्य को हड्डियों और कैल्शियम का कारक माना गया है। अतः इन सबकी भी यहाँ सहायक भूमिका है, परंतु जोड़ो के दर्द की समस्या में मुख्य भूमिका शनि की ही होती है क्योंकि शनि को हड्डियों के जोड़ का नैसर्गिक कारक माना गया है और शनि हमारे शरीर में उपस्थित हड्डियों के सभी जॉइंट्स का प्रतिनिधित्व करता है। अतः कुंडली में शनि पीड़ित होने पर ही व्यक्ति को दीर्घकालीन या निरन्तर जॉइंट्स पेन की समस्या बनी रहती है।
9. यदि कुंडली में शनि पीड़ित स्थिति में हो तो शनि की दशा में भी जॉइंट्स पेन की समस्या बनी रहती है।
10. वैसे तो प्रत्येक व्यक्ति की कुंडली में ग्रह स्थिति भिन्न होने के कारण व्यक्तिगत रूप से प्रत्येक व्यक्ति के लिए उपाय भी भिन्न होते हैं।

48

हस्ताक्षर से जानिये आपका व्यक्तित्व

हस्ताक्षरको देखकर हम किसी के भी व्यक्तित्व को अच्छे से पहचान सकते है।

1. जो लोग हस्ताक्षर में सिर्फ अपना नाम लिखते हैं, सरनेम नहीं लिखते हैं, वे खुद के सिद्धांतों पर काम करने वाले होते हैं। आमतौर पर ऐसे लोग किसी और की सलाह नहीं मानते हैं, ये लोग सुनते सबकी हैं, लेकिन करते अपने मन की हैं।

2. जो लोग जल्दी-जल्दी और अस्पष्ट हस्ताक्षर करते हैं, वे जीवन में कई प्रकार की परेशानियों का सामना करते हैं। ऐसे लोग सुखी जीवन नहीं जी पाते हैं। हालांकि, ऐसे लोगों में कामयाब होने की चाहत बहुत अधिक होती है और इसके लिए वे श्रम भी करते हैं। ये लोग किसी को धोखा भी दे सकते हैं। स्वभाव से चतुर होते हैं, इसी वजह से इन्हें कोई धोखा नहीं दे सकता।

3. कुछ लोग हस्ताक्षर तोड़-मरोड़ कर या टुकड़े-टुकड़े या अलग-अलग हिस्सों में करते हैं, हस्ताक्षर के शब्द छोटे-छोटे और अस्पष्ट होते हैं जो आसानी से समझ नहीं आते हैं। सामान्यत: ऐसे लोग बहुत ही चालाक होते हैं। ये लोग अपने काम से जुड़े राज किसी के सामने जाहिर नहीं करते हैं। कभी-कभी ये लोग गलत रास्तों पर भी चल देते हैं और किसी को नुकसान भी पहुंचा सकते हैं।

4. जो लोग कलात्मक और आकर्षक हस्ताक्षर करते हैं, वे रचनात्मक स्वभाव के होते हैं। इन्हें किसी भी कार्य को कलात्मक ढंग से करना पसंद होता है। ऐसे लोग किसी न किसी कार्य में हुनरमंद होते हैं। इन लोगों के काम करने का तरीका अन्य लोगों से एकदम अलग होता है। ऐसे हस्ताक्षरवाले लोग पेंटर या कलाकार भी हो सकते हैं।

5. कुछ लोग हस्ताक्षर के नीचे दो लाइन खींचते हैं। ऐसे सिग्नेचर करने वाले लोगों में असुरक्षा की भावना अधिक होती है। किसी काम में सफलता मिलेगी या नहीं, इस बात का संदेह सदैव रहता है। पैसा खर्च करने में इन्हें काफी बुरा महसूस होता है अर्थात ये लोग कंजूस भी हो सकते हैं।

6. जो लोग हस्ताक्षर करते समय नाम का पहला अक्षर थोड़ा बड़ा और पूरा उपनाम लिखते हैं, वे अद्भुत प्रतिभा के धनी होते हैं। ऐसे लोग जीवन में सभी सुख-सुविधाएं प्राप्त करते हैं। ईश्वर में आस्था रखनेवाले और धार्मिक कार्य करना इनका स्वभाव होता है। ऐसे लोगों का वैवाहिक जीवन भी सुखी होता है।

7. जिन लोगों के सिग्नेचर मध्यम आकार के अक्षरवाले, जैसी उनकी लिखावट है, ठीक वैसे ही हस्ताक्षर हो तो व्यक्ति हर काम को बहुत ही अच्छे ढंग से करता है। ये लोग हर काम में संतुलन बनाए रखते हैं। दूसरों के सामने बनावटी स्वभाव नहीं रखते हैं। जैसे ये वास्तव में होते हैं, ठीक वैसा ही खुद को प्रदर्शित करते हैं।

8. जो लोग अपने हस्ताक्षर को नीचे से ऊपर की ओर ले जाते हैं, वे आशावादी होते हैं। निराशा का भाव उनके स्वभाव में नहीं होता है। ऐसे लोग भगवान में आस्था रखनेवाले होते हैं। इनका उद्देश्य जीवन में ऊपर की ओर बढ़ना होता है। इस प्रकार हस्ताक्षर करने वाले व्यक्ति अन्य लोगों का प्रतिनिधित्व करने की इच्छा रखते हैं।

9. जिन लोगों के हस्ताक्षर ऊपर से नीचे की ओर जाते हैं, वे नकारात्मक विचारोंवाले हो सकते हैं। ऐस लोग किसी भी काम में असफलता की बात पहले सोचते हैं।

10. जिन लोगों के हस्ताक्षर एक जैसे लयबद्ध नहीं दिखाई देते हैं, वे मानसिक रूप से अस्थिर होते होते हैं। इन्हें मानसिक कार्यों में काफी परेशानियों का सामना करना पड़ता है। साथ ही, इनके विचारों में परिवर्तन होते रहते हैं। ये लोग किसी एक बात पर अडिग नहीं रह सकते हैं।

11. जिन लोगों के हस्ताक्षर सामान्य रूप से कटे हुए दिखाई देते हैं, वे नकारात्मक विचारोंवाले होते हैं। इन्हें किसी भी कार्य में असफलता पहले नजर आती है। इसी वजह से नए काम करने में इन्हें कई परेशानियों का सामना करना पड़ता है।

12. यदि कोई व्यक्ति हस्ताक्षर के अंत में लंबी लाइन खींचता है तो वह ऊर्जावान होता है। ऐसे लोग दूसरों की मदद के लिए सदैव तत्पर रहते हैं। किसी भी काम को पूरे मन से करते हैं और सफलता भी प्राप्त करते हैं।

13. जो लोग हस्ताक्षर करते समय अपना मिडिल नेम पहले लिखते हैं, वे अपनी पसंद-नापसंद को अधिक महत्व देते हैं। इसके बाद कार्यों को पूरा करने में लग जाते हैं।

49

कैसे काम आती है काली हल्दी?

काली हल्दी के सौभाग्यवर्धक प्रयोग

धर्म में धन और ऐश्वर्य की देवी महालक्ष्मी है। लक्ष्मी की प्रसन्नता से धनवान होने के लिए तंत्रविज्ञान में बहुत से सरल प्रयोग बताये गये है। इन में से एक प्रयोग है रसोई में प्राय: मसालों के रुप में उपयोग आनेवाली हल्दी से धन प्राप्ति का रास्ता।

1. हर व्यक्ति अपने दैनिक जीवन में हल्दी का उपयोग किसी न किसी रुप में करता ही है। भोजन, चोट लगने, मांगलिक कार्य, पूजा-अर्चना में हल्दी का उपयोग किया जाता है। अक्सर हम हल्दी की पीली और नारंगी रंग की गांठ देखते हैं। किंतु इन्हीं हल्दी की गांठों में संयोग से कभी-कभी काले रंग की गांठ भी पैदा हो जाती है। लेकिन जानकारी के अभाव में हम उसे खराब मानकर अलग कर देते हैं, फेक देते है। जबकि तंत्रविज्ञान के अनुसार यह काली हल्दी की गांठ ही धन का खजाना माना जाता है। जिसकी विधिवत साधना से अपार धनसंपदा पाई जा सकती है।

2. हल्दी को संस्कृत में हरिद्रा भी कहा जाता है। तंत्रविद्या में लक्ष्मी प्राप्ति के इस प्रयोग को साधना कहा जाता है। तंत्रविज्ञान में काली हल्दी बहुत अनमोल, अद्भुत और दैवीय गुणोंवाली मानी जाती है। हालांकि इसका रंग-रुप भद्दा और अनाकर्षक होता है, किंतु धन प्राप्ति की दृष्टि से बहुत प्रभावकारी मानी गई है। अगर संयोग से आपको काली हल्दी मिल जाए तो आप स्वयं को सौभाग्यशाली मानें। उसे अपने देवालय में लक्ष्मी प्रतिमा के समीप रखें और विधिवत पूजा करें। माना जाता है कि, इसके रखने मात्र से ही घर में सुख-शांति आने लगती है। काली हल्दी की गांठ को चांदी के साथ या किसी भी सिक्के के साथ एक स्वच्छ और नए वस्त्र में बांधकर अन्य देव प्रतिमाओं के साथ पूजा करें। इस पोटली को गृहस्थ अपने घर की तिजोरी और व्यापारी अपने गल्ले में रख दें। ऐसा करने पर धनोपार्जन में आनेवाली बाधा दूर होती है और अद्भूत धनलाभ होता है। तंत्रविज्ञान में काली हल्दी की गांठ या हरिद्रा तंत्र की सिद्धी के लिए पूजा विधान, नियम बताए गए हैं। धन प्राप्ति के लिए हल्दी की काली गांठ यानि हरिद्रा तंत्र की साधना शुक्ल या कृष्ण पक्ष की किसी भी अष्टमी से शुरु की जा सकती है। इसके लिए पूजा सूर्योदय के समय ही की जाती है।

3. हरिद्रा तंत्र की नियम-संयम से साधना व्रती को मनोवांछित और अनपेक्षित धनलाभ होता है। रुका धन प्राप्त हो जाता है। परिवार में सुखसमृद्धि आती है। इस तरह एक हरिद्रा यानि हल्दी घर की दरिद्रता को दूर कर देती है।

4. पूर्वी मनोगत और गहन अध्ययनों से पता चला है की काली हल्दी बंगाल में चमत्कारी औषधियों के उपयोगों के कारण बहुत उपयोग में लायी जाती है। साधक इसे माता काली जी की पूजा करने में भी प्रयोग करते है। यह घर में बुरी शक्तियों को प्रवेश नहीं करने देती है। इसको ज्यादा बाधाओं का नाश करने में उपयोग किया जाता है।

5. यदि परिवार में कोई व्यक्ति निरन्तर अस्वस्थ्य रहता है, तो पहले गुरूवार को आटे के दो पेड़े बनाकर उस में गीली चने की दाल के साथ गुड़ और थोड़ी सी पिसी काली हल्दी को दबाकर रोगी व्यक्ति के उपर से 7 बार उवार कर गाय को खिला दें। यह उपाय लगातार 3 गुरूवार करने से आश्चर्यजनक लाभ मिलता है।

6. यदि किसी व्यक्ति या बच्चे को नजर लग गयी है, तो काले कपड़े में काली हल्दी को बांधकर 7 बार उपर से उतार कर बहते हुये जल में प्रवाहित कर दें। इस से नजर से मुक्ति मिलेगी।

7. शुक्लपक्ष के प्रथम गुरूवार से नियमित रूप से काली हल्दी पीसकर तिलक लगाने से गुरु और शनि दोनों ग्रह शुभ फल देने लगेंगे। यदि किसी के पास धन आता तो बहुत किन्तु टिकता नहीं है, उन्हे यह उपाय अवश्य करना चाहिए।

8. शुक्लपक्ष के प्रथम शुक्रवार को चांदी की डिब्बी में काली हल्दी, नागकेशर व सिन्दूर को साथ में काली हल्दी रखकर मां लक्ष्मी के चरणों से स्पर्श करवाकर धन रखने के स्थान पर रख दें। यह उपाय करने से धन रूकने लगेगा।

50

क्या होता है पिशाच / श्रापित योग?

पिशाच / श्रापित योग

शनि और राहु दोनों को पाप ग्रहों की श्रेणी में देखा गया है। जब ये दोनों ग्रह एक दूसरे से संबंध बनाते हैं तो श्रापित/पिशाच योग नामक योग बनता है। इस योग या पिशाच/श्रापित योग का निर्माण ऐसे होता है।

1. शनि और राहु एक साथ युति करें और किसी भी भाव में स्थित हों।
2. शनि और राहु एक दूसरे को देखें।
3. शनि की दृष्टि राहुपर या राहु की दृष्टि शनि पर पड़ी है।
4. गोचर के कारण, जब शनि राहुपर गोचर करता है या राहु शनिपर। नतीजा : व्यक्ति के घर के लोग उसके शत्रु रहते हैं और उन्हें हर काम में बाधाओं का सामना करना पड़ता है और उनकी वाणी में कुछ दोष होता है, साथ ही धनसंचय में कठिनाई होती है। कर्ज की स्थिति, शिक्षा में व्यवधान, संतान से कष्ट, धन और जुए आदि से धन की हानि और ऐसे व्यक्ति नशीले पदार्थ या तामसिक पदार्थ या दोनों का सेवन करते हैं। हालाँकि इस योग के सुखद परिणाम भी उपायों द्वारा पाए जा सकते है और इनके उपाय भी संभव है।

51
कैसे आती है दुकान में बरकत ?

1) चाहिए बरकत तो इन 5 वास्तु टिप्स का ध्यान रखें–

लाखों की लागत की दुकान जब ब्याज जितना भी नहीं दे पाती तो मालिक परेशान होने लगते हैं। प्रत्येक शहर में 60 प्रतिशत दुकानें चौराहे या तिराहों के क्षेत्र में होती हैं और अन्य गली-कूचों या लंबी सड़कों पर होती हैं। प्रत्येक दुकानदार प्रतिदिन अपनी दुकान की सफाई करता है, दुकान में अगरबत्ती लगाता है, उसे प्रणाम करके अपनी बैठक पर बैठता है, लेकिन यदि वास्तु के साथ अपनी दैनिक क्रियाओं में वे सफाई और बैठक की पद्धति में थोड़ा-बहुत परिवर्तन लाएं और उसका प्रतिदिन पालन करते रहें तो धीरे-धीरे अपनी आय में निश्चित वृद्धि पाते हैं। वर्तनाम युग में सभी व्यक्ति वास्तु को महत्व देने लगे हैं, लेकिन उसका कैसे पालन किया जाना चाहिए इसका उन्हें ध्यान कम रह पाता है। दुकानों के नियमों का यदि पालन किया जाए तो उससे आपको लाभ निश्चित ही प्राप्त होंगे।

2) आइएजानें कुछ खास बातें...

1. दुकान का कचरा साफ करते समय कचरा सड़क पर न डालें, न ही इसे किसी दुकान की ओर डालें। यह बरकत में कमी लाता है। उसे अपनी दुकान के निश्चित कोने दक्षिण-पश्चिम के कोने की कचरापेटी में डालें। पश्चात उसे अधिक होने पर नगर-निगम के कूड़े के क्षेत्र में डलवाएं।
2. कचरा यदि दुकान के क्षेत्रवाले चौराहे, फव्वारे आदि क्षेत्र में डाला जाएगा तो उससे उस क्षेत्र की सभी दुकानों की आय पर असर पड़ता है और आय में कमी आती है। चौराहे के मध्य या भवन के मध्य का क्षेत्र ब्रह्मक्षेत्र माना जाता है। उसे दूषित करने से आय और स्वास्थ्य दोनों का नाश होता है।
3. अपने पड़ोसी दुकानदारों को भी इसे बताएं ताकि वे भी कचरा यहां-वहां नहीं बिखेरें। इससे हमारी दुकानों का क्षेत्र प्रदूषित होता है और इससे हमारी मनःस्थिति सही नहीं रहती है। सदैव तनाव बना रहता है।
4. दुकान में बैठते समय अपना मुख सदैव उतर अथवा पूर्व की ओर करके बैठें। इससे ग्राहक मोल-भाव कम करेगा एवं उधारी कम मांगेगा।

जिस मकान या दुकान पर हम भाड़ा दे रहे हैं या हमारे नाम से है, वह क्षेत्र भी हमें लाभ देता है। अतिक्रमण कर दुकान आगे बढ़ाने से हमारी दुकान के कोने वास्तुनुसार कट या बढ़ सकते हैं। ऐसी स्थिति में आय पर विपरीत प्रभाव पड़ता है। ऐसा न करें। साथ ही ऐसे में अपनी दुकान के आगे अन्य छोटी-मोटी दुकानों, ठेलों से अवरोध होकर आय कम होती है। इन नियमों का पालन करें।

52

घातक हो सकता है किचन में लगा काला मार्बल

*** रसोई में काली स्लैब महिलाओं के स्वास्थ्य के लियेहानिकारक क्यो?**

किचन में काले ग्रेनाइट या मार्बल की स्लैब महिलाओं को रोगी बनाती है। उन्हें घुटनो में दर्द व अन्य जॉइंट पेन रहता है। शारीरिक शक्ति में कमी आती है। ऐसा बहुत वास्तुशास्त्रियों से सुना होगा। लेकिन यह क्यो होता है? इसका जवाब कोई नही देता।

वास्तु में रसोई आग्नेय कोण में होती है। मानव सूर्यप्रकाश, हवा, पानी के बाद जीवनीय ऊर्जा भोजन से लेते है। अतः यह स्थान अत्याधिक ऊर्जा प्रदायक मंगल का स्थान है। जठराग्नि का सम्बन्ध भी मंगल से है। अगर रसोई में काले रंग के पत्थर की स्लैब बनाएंगे तो काले रंग में यह गुण है कि वह अन्य सभी रंगों को अपने मे अवशोषित कर लेता है व कोई रंग परावर्तित नही करता है। इसलिये यह रसोई में मंगल की समस्त ऊर्जा या कहे अग्निप्रदायक ऊर्जा अवशोषित कर लेता है। ग्रेनाइट व मार्बल का घनत्व अधिक होता है। अतः यह ऊर्जा भी अधिक अवशोषित कर लेता है। जिससे रसोई में ऊर्जा कम हो जाती है। चूंकि रसोई में महिलाएं सबसे अधिक समय रहती है। अतः उनमे भी मंगल जनित ऊर्जा कम हो जाती है। जब मंगल की ऊर्जा कम होती है तो शनि जनित रोग प्रभावी हो जाते है। जठराग्नि कम हो जाती है जिससे वातकारक रोग बढ़ते है। यह प्रभाव घर के अन्य सदस्यों पर भी होता है परन्तु महिलाएं रसोई में अधिक रहती है अतः उन्हें यह समस्या अधिक होती है। रसोई में लाल व सफेद रंग के मार्बल की स्लैब अधिक लाभदायक रहती है। क्योकि लाल रंग मंगल की ऊर्जा को उत्सर्जित करता है व सफेद सभी रंग की ऊर्जा को परावर्तित कर देता है। वास्तुविज्ञान है इसके प्रत्येक नियम का एक विज्ञान सम्मत कारण है जिसका मानव के स्वास्थ्य व कल्याण से सम्बन्ध है। स्वस्थ मनुष्य ही पुरुषार्थी होगा। तभी धनवान बनेगा। रोगी नहायेगा क्या निचोड़ेगा क्या?

53

कैसे होगी अच्छी पुत्र संतान!

पुत्री ही हैं तो पुत्र सन्तान क्या हो पाएगी?

पुत्र और पुत्री दोनो ही आज के समय मे एकसमान है लेकिन फिर भी अपने घर परिवार वंश वृद्धि के लिए हर माता-पिता की यह इच्छा जरूर रहती है कि हमारा एक पुत्र भी हो जाये, जिससे हमारा वंश आगे चल सके, वृद्धावस्था में सहारा बन सके आदि। तो लड़के हो जाने के बाद बहुत से लोगो को पुत्री सन्तान की इच्छा भी रहती है आदि। तो आज बात करते है पुत्र (लड़का) संतान नही है या नही हो पा रहा है तो क्या पुत्र सन्तान हो पायेगा और कौन सा समय अनुकूल है जब लड़का ग्रह दे पाएंगे आदि समझते है।

जन्मकुंडली का 5 वा भाव सन्तान का है। तो बृहस्पति सन्तान का कारक ग्रह है। तो 1,3,5,7,9,11 राशि पुरुष राशि है तो मंगल, सूर्य, गुरु पुरुष ग्रह है। अब आप पति-पत्नी या किसी एक की भी कुंडली मे 5 वे भाव मे पुरुष राशि 1,3,5,7,9,11 है और 5 वे भाव मे कोई पुरुष ग्रह सूर्य या मंगल या गुरु या शनि राहु केतु में से कोई बैठा है या 5 वे भाव स्वामी के साथ यह उपरोक्त ग्रह पुरुष राशियों में सम्बंध बनाकर बैठे है, तब लड़का सन्तान हो जाएगा। इसके अलावा 5वे भाव मे केवल और केवल पुरुष ग्रह मंगल, सूर्य, गुरु बैठे हो, शनि या राहु या केतु बैठे हो मगर पुरुष राशियों जो कि 1,3,5,7,9,11 है इन राशियों में यह ग्रह बैठे है तब पुत्र सन्तान होगी। बाकी इसके अलावा हाँ अगर 5 वे भव्य 5 वे भाव स्वामी से कुंडली मे पुरुष ग्रहो सूर्य मंगल गुरु का सम्बन्ध बन रहा है तब निश्चित ही पुरुष सन्तान हो जाएगी अनुकूल और शुभ समय मे या जब कुंडली में सन्तान होने का समय चल रहा हो उस समय सन्तान प्राप्ति के लिए कोशिश करने पर आदि। बाकी फिर भी पुत्र सन्तान नही हो पा रही है तो थोड़े भी योग है पुत्र सन्तान होने के तब आप उपाय कर लेंगे तब पुत्र सन्तान जरूर हो जाएगी। अब कुछ कुंडली उदाहरणो से समझते है पुत्र सन्तान किनको हो पायेगी और कब तक आदि?

1. **उदाहरण के अनुसार मेष लग्न 1 :** मेष लग्न 5 वे भाव मे यहाँ पुरुष राशि सिंह आती है जिसका स्वामी सूर्य है अब सूर्य यहाँ अगर अकेले बैठे है तब पुरुष राशि 1,3,5,7,9,11 में बैठे हो या सूर्य के साथ मंगल या गुरु या शनि पुरुष राशियों में बैठे हो तब लड़का हो जाएगा। इसके अलावा 5 वे भाव पर भी पुरुष ग्रहो का सम्बंध लड़का सन्तान जरूर दे देगा।

2. **उदाहरण के अनुसार वृश्चिक लग्न 2 :** वृश्चिक लग्न में 5 वे भाव स्वामी गुरु बलवान होकर किसी पुरुष राशि (1,3,5,7,9,11 राशियों) मे बैठे हो, पुरुष ग्रहो सूर्य या मंगल या गुरु या शनि से सम्बन्ध बनाकर तब लड़का हो जाएगा, पर हाँ 5 वे भाव और 5 वे भाव स्वामी सम्बन्ध स्त्री पुरुष ग्रहो दोनों से है तब यहाँ आपको लड़का पुरूष ग्रहो के उपाय करने से ही हो पायेगा।

उदाहरण के अनुसार मीन लग्न 3 : मीन लग्न में 5 वे भाव स्वामी चन्द्रमा अब यहाँ किसी पुरुष राशि 1,3,5,7,9,11 में पुरुष ग्रहो मंगल या सूर्य या शनि के साथ पुरुष राशि मे या बुध के साथ संबंध में हो लेकिन पुरुष राशि मे सम्बन्ध में हो तब लड़का सन्तान होगा। अब यहाँ स्त्री ग्रहो का भी अगर संबन्ध 5 वे भाव से है तब यहाँ पुरुष ग्रहो को बलवान करने के उपाय करने से लड़का सन्तान हो पायेगी।

54

कबाड़ दान करने से होता है भाग्य उदय

घर का कबाड़ करें दान

संसार में हर वस्तु का अपना मूल्य होता है। संसार में ऐसा कुछ भी नहीं जो व्यर्थ और अर्थहीन हो। जो चीज हमारे लिए उपयोगी नहीं है वो किसी दूसरे के लिए अनमोल भी हो सकती है। भारतीय जैन ज्योतिष में कुछ ऐसे सटीक उपाय बताएं गए हैं जिन्हें करके व्यक्ति न केवल अपनी समस्याओं से निजात पा सकता है अपितु धनवान भी बन सकता है।

क्या आप जानते हैं, आप के घर पर पड़ा हुआ कबाड़ आपके जीवन में नकारात्मकता के साथ-साथ दुर्भाग्य और दरिद्रता को भी ला सकता है। भारतीय ज्योतिषशास्त्रों में कूड़े और कबाड़ का संबंध राहू ग्रह से होता है। जिसका घर में पड़ा रहना न केवल आर्थिक हानि देता है अपितु आपके जीवन में दुर्भाग्य भी ला सकता है परंतु यह ही कबाड़ आप किसी को दान देकर अपने दुर्भाग्य को सौभाग्य में बदल सकते हैं।

1. **सोमवार** के दिन रद्दी कागज अथवा पुराने फटे सफेद कपड़े किसी विधवा को दान करने से व्यक्ति के पारिवारिक सुख बढ़ते हैं।
2. **मंगलवार** को पुराने लाल फटे कपड़े अथवा पुराने तांबे के बर्तन गरीब चौकीदार को दान करने से संपत्ती में वृद्धि होती है।
3. **बुधवार** के दिन टूटे कांच के बर्तन अथवा दरार पड़ी हुई क्राकरी किसी गरीब कन्या को दान करने से आर्थिक हानि से मुक्ति मिलती है।
4. **गुरूवार** के दिन पुराने फटे पीले कपड़े, पुरानी किताबें अथवा पुराने पीतल के बर्तन किसी गरीब को दान करने से व्यक्ति का भाग्य उदय होता है।
5. **शुक्रवार** के दिन पुराने रेशमी कपड़े, उपयोग में न आनेवाले पर्दे या चादरे गरीब सुहागन स्त्री को दान करने से दांपत्य सुख में वृद्धि होती है।
6. **शनिवार** के दिन सुबह पुराने सफेद काले कपड़े, पुराने स्टील के बर्तन दान करने से तथा पुरानी लकड़ी का फर्निचर दान करने से जीवन की बाधाएं दूर होती हैं। शनिवार की शाम को बंद पड़ी हुई घड़िया, जंग लगा लोहे का सामान अथवा पुराने नाले अथवा भुरे कपड़े किसी सफाई कर्मचारी को दान करने से तंत्र-मंत्र से मुक्ति मिलती है।
7. **रविवार** के दिन पुराना गुड़ और तांबे के बर्तन दान करने से प्रमोशन मिलता है।